「そうだ。記念に写真撮ろうよ。ほらほらオタク君も一緒に」
ギャルに優しい
オタク君
Gal ni yasashii Otaku-kun

オタク君
リコ

優愛
「あれ、オタク君
まだ着替えてないのかな」
オタク君たちはプールに来ていた。
暖かくなってきたとはいえ、
まだプールに入るには寒い時期。
なので、来ているのは当然
温水プールである。

「アタシの目がなんでこんなデカいんだよ！
ってかガキっぽいだろこれ！」

ギャルに優しいオタク君

１３８ネコ

FB
ファミ通文庫

contents

イラスト —— 成海七海

第1章

「ねぇねぇオタク君」


どこにでもいるような、金髪ギャルの鳴《なる》海《み》優《ゆ》愛《あ》高校一年生。

彼女がクラスメイトである小《お》田《た》倉《くら》浩《こう》一《いち》に話しかけたのは、ただの気まぐれだった。

放課後にいつも話す友達がいなかったので、暇《ひま》つぶしにと、近くの席にいた小田倉に声をかけただけだった。

「えっ、オタク君って僕の事?」

「そうだよ。なんで?」

小田倉は返答に困った。

彼は確かにオタクではある。

だが、かつて中学時代はオタクという事で馬鹿にされた事もあり、高校生になってからは、極力周りにバレないようにしてきたつもりだ。

だと言うのに、いきなりクラスメイトのギャルにオタク君呼ばわりされたのだ。

（オタク呼ばわりは酷《ひど》いけど、オタク君って呼ばれるのは嬉《うれ》しいかも）

彼はちょっとだけ、喜んだ。

見事にネットに毒されているオタクである。

「苗字《みょうじ》が小田倉なだけで、オタクじゃないよ」

「でもオタク君、授業中に女の子の絵描いてたりするじゃん？」

「なっ⁉」

小田倉ことオタク君は気付いていなかった。

自分の横や後ろの席から見えないようにしていても、自分の斜《なな》め後ろの席からは丸見えだったという事に。

幸いにして彼の席は窓際の後ろから二番目。気付いているのは彼女だけである。

……多分。

「そ、それで用事は何かな？」

本人はさり気ないつもりなのだろうが、必死に話題を変えているのは一目瞭然《いちもくりょうぜん》だ。

「それがさ、このネイル。ヤバくね？」

だが、優愛は彼の動揺など気にもせず、そう言って、手を出した。

彼女にとって、オタク君が絵を描いている事など、どうでも良いからである。

オタク君がオタク趣味でも別に良くない？

その程度の認識だ。

全く興味のない爪を見せられた上に「ヤバくね？」と言われ、言葉を失うオタク君。

人の事を「オタク君」と呼ぶ事の方がヤバくねと言いたい気持ちを、ぐっとこらえる。

「えっと、どうヤバイのかな？」

「これ自分で塗《ぬ》ってみたんだけど、どうよ？」

優愛の爪を見るオタク君。

爪にはカラフル、なんて形容詞では誤魔化《ごまか》せないような模様《もよう》が出来ていた。

美術の授業中に、色を混ぜて遊ぶのが楽しくなり、絵の具を無茶苦茶に混ぜて出来上がったような模様だ。

悪い意味でヤバイ。

「なんというか、独特な模様だね」

「あー、やっぱりか」

先ほどまでハイテンションで喋《しゃべ》っていた優愛だが、困り顔で返答するオタク君を見て悟《さと》ったのだ。

悪い意味でヤバイと。

「実はさ、これの真似《まね》したんだけど上手くいかなくてさ」

テンションは下がっているが、それでも彼女のマシンガントークは止まらない。

ペラペラと良く分からない単語を織《お》り交《ま》ぜた会話をしながらも、慣れた手つきで自分のスマホを操作し、とある画面をオタク君に見せつける。

「こんな感じにしようと思ったんだけどさ、中々上手くいかないんだよね」

「ふむ」

画面の中の爪は、オタク君が一目見て分かるくらい〝ヤバイ〟物だった。

夜空に輝く星たち、流れるような薄い青は天の川だろう。

角度を変えるたびに星たちがキラキラと輝いている。

それに対して優愛の爪は、魔女の鍋《なべ》という表現が似合うだろう。

似ても似つかない代物《しろもの》だ。

「確かにヤバイですね」

特別ネイルに興味がないオタク君でも、見入ってしまうほどに。

「でしょ！　ヤバイよね！」

先ほどまでテンションが下がっていたと思ったら、ネイルを褒められ、まるで自分の手柄のように自慢し始める優愛。

「そうだ。オタク君手先器用でしょ？　これ作ってよ！」

「ちょっ、いくら絵が描けるからって、こんなのは……」

チラリと優愛のスマホの画面を見るオタク君。

(これは作ってる最中の動画かな。プラモデルの塗装《とそう》に似てるかも)

「あー……やっぱ無理だよね。ごめんね無理言っちゃって」

「出来るよ」

「えっ？」

「これなら、出来ると思う」

確かにネイルは綺麗《きれい》に出来ている。職人業《わざ》と言える。

だが、普段からプラモを塗装したりしているオタク君にとって、同じような物を作るのは難しくはない。

「マジで！　オタク君ヤバくね！」

「そ、そうかな」

「ねぇオタク君、お願い。これと同じの作って」

両手を合わせ、拝《おが》むポーズをする優愛。

優愛が拝んだ拍子に、胸元と黒いブラがチラリと見えている。

（み、見てないぞ！）

必死に自分の心に嘘《うそ》をつきながらもチラ見をするオタク君だが、傍《はた》から見ればガン見である。

もしこの教室に他の生徒がいればバレバレなほどに。

「良いけど、その代わり僕が絵を描いてた事とか誰かに喋ったりしないでくださいね」

「本当に⁉　うんうん、約束する！　オタク君ありがとう！」

喜びの余り、オタク君の手を取り、恋人繋《つな》ぎをする優愛。えへへと喜びの笑みを浮かべる。

一通り喜びを表した後に、パキパキと音を立て、爪を外し始めた。

「えっ、ちょっと何してるの⁉」

「ん？　付け爪剝《は》がしてるんだけど？」

彼女が剝がしているのは付け爪である。

別にいきなりスプラッタな行動を取り始めたわけではない。

「えっと、この付け爪に、さっきの動画のネイルをすれば良いんだよね？」

「そうそう。あっ、そうだ。オタク君が柄《がら》を忘れないように動画送るからメッセージアプリ登録させて」

「あまりやった事ないけど、登録はこれで良いのかな？」

「オッケー。それじゃあ後で動画送るからよろしくね！」

「おーい。優愛なにしてるの？　さっさと帰ろうよ」

「うん、今行く。それじゃあオタク君、バイバイ」

「はい。さよなら」

友達に呼ばれ、ハイテンションでバタバタと教室を出ていった優愛を見送るオタク君。

「今日は部活もないし、さっさと帰って作るかな」

やれやれといった感じで呟《つぶや》くオタク君だが、女の子と手を繋ぐ事も、仲良く話す事も小学生の時以来。

彼は今、ものすごくドキドキしていた。

＊＊＊

「さてと、どうしたものか」

オタク君は、家に帰るなり、カバンをベッドに放り投げ、机の上に付け爪を並べた。

この付け爪を、優愛に見せて貰《もら》った動画のように仕上げるのは可能である。

だが、プラモデルの塗装と同じ塗料で塗って良いのか。それが問題だった。

「とりあえず、付け爪の塗料を剝がしておくか」

カタカタと音を立て、パソコンでマニキュアの剝がし方を調べていくオタク君。

パソコンに表示されるマニキュアを落とす方法は、大抵が除光液《じょこうえき》だ。

「除光液、五百円もするのか……」

五百円、それは高校生にとっては決して安くない金額だ。

もう少しお金を出せば、ラノベや漫画が一冊買えるだけの金額。

バイトもしていないオタク君にとっては、五百円は貴重なのだ。

それが爪の塗料を落とすためだけの出費となれば、尚更《なおさら》悩む事になる。

「シンナーでもいけるのか、それならあるぞ！」

うんうん悩みながら、三十分ほどパソコンと睨《にら》めっこをした結果、代案にたどり着いたようだ。

早速プラモデル用のシンナーをティッシュに染み込ませ、付け爪を一枚ずつ丁寧《ていねい》に拭《ふ》いていく。

何層にも塗り固められていたせいで、思ったよりは時間がかかったが、綺麗に拭き取る事が出来たようだ。

「さてと、どうしたものか」

付け爪を、部屋に置いてある塗装したプラモデルを乾《かわ》かすための食器乾燥機に入れると、机に戻り腕を組んだ。

プラモデル用の塗料で塗れば、簡単には剝がせなくなる。

（それを知ったら、鳴海さんがどう思うかな……）

「本人に確認してみるかな」

『付け爪ですが、一度塗装すると剝がせなくなりますがよろしかったでしょうか？』

「なんか固いな。クラスメイトなんだから、もうちょっとフレンドリーにした方が良いかな？」

『付け爪だけど、一度塗装すると剝がせなくなっちゃうよ。良かった？』

「これだと馴《な》れ馴《な》れしい奴だな。友達面《づら》すんなとか言われそうだ」

優愛にメッセージを送ろうとして、かれこれ一時間が経過していた。

オタク君はいまだにメッセージ一つ送れず悩んでいる。

何故《なぜ》ならオタク君は友達が少ないからである。

更に言うと女の子の友達はいないからである。

オタク友達相手なら、いくらでも軽いノリで話せる。

だが、女の子相手には、どう話せば良いか分からないのだ。

だから、いまだに悶々《もんもん》としながら、スマホの画面にメッセージを書いては消してを繰り返している。

オタク君が何度目かのメッセージを書いている途中だった。

『オタク君起きてる～？』

「うおぉ」

思わず変な声が出るオタク君。いきなり優愛からメッセージが飛んできたのだ。

「どうしよう。既読付いちゃってるよな」

『既読付くのはやっ！』

「あっ、あっ」

焦《あせ》るオタク君だが、画面の向こうからはそんな様子が分かるわけもなく、昼間と同じように次々と喋り続ける優愛。

メッセージが表示されるたびに、どこぞの神隠し映画に出て来る黒い妖怪みたいに「あっ、あっ」を繰り返すばかりだ。

『はい。起きてます』

必死になって返せたのが、この一文である。

『今何してる？　私は今お風呂あがったところだよ！』

なおもマシンガンのように届くメッセージの中に、画像が埋《う》め込《こ》まれていた。

「えっ」

それは、少し胸元がはだけたパジャマ姿で、ウインクを送っている優愛の画像だった。

別にお色気のつもりでなく、本人は可愛《かわい》く撮っただけのつもりである。

だが、オタク君には少々刺激が強すぎたようだ。

『付け爪ですけど、一度塗装すると剝がせなくなりますが、良かったですか？』

もしこれで反応が遅れれば、優愛の画像でエッチな妄想をしていると思われるかもしれない。

画像の件に触《ふ》れれば、エッチな奴と思われるかもしれない。

一秒にも満たない時間の中で、オタク君が頭をフル回転させた結論が、優愛の興味がある話への誘導だった。

『剝がれなくなるって、最高なんだけど！』

「あっ、良いんだ」

オタク君は知らないが、安物のマニキュアはボロボロになったり、剝がれやすかったりする。

優愛は別に安物を使っているわけではない。むしろそれなりに良いマニキュアを使っているが、それでも高校生のお小遣いレベルの話だ。

やはり、ちゃんとしたお高いものと比べれば質が劣《おと》ってしまう。

『それじゃあ作っておきますね』

『ありがとう、どれくらいかかりそう？』

「期間か、そうだな」

食器乾燥機があるから、乾燥時間はそんなにかからない。

今から塗り始めたとして、どれくらいかかるか思案する。

『明日には出来ますよ』

『マジで！　オタク君ヤバすぎ！』

興奮した優愛が喜びのあまり、スタンプを連打し始める。

もはや迷惑以外の何ものでもない。

『今から作るので、返信遅れます』

このままでは作業が進まないと判断したオタク君。メッセージを送ってから、スマホの電源を切った。

「集中してやれば、日付が変わる前には終わるかな」

時刻は午後十時。普段のオタク君なら、集中すれば二時間もかからず終わっただろう。

だが、実際に終わったのは、午前三時になる直前だった。

何故倍近い時間がかかってしまったのか？

スマホの電源を切ったはいいが、優愛からメッセージがまた来ていないか気になり集中出来なかったからである。

　彼はオタクだが、異性と会話したいと思う程度には思春期の男の子をしていた。

＊＊＊
「あら、こうちゃん。もう学校に行くの？」

　時刻は朝六時。

　普段よりも早い時間に、制服姿で居間に姿を現した息子を見て、母親が驚きの声を上げる。

　彼の通っている学校までは、バスと電車を乗り継ぐが、それでも一時間もかからない。

「うん。今日は日直だから早いんだ」

「あら、そうなの。お弁当すぐ作るから、朝食食べてなさい」

　日直だとしても、あまりに早い時間ではあるが、母親は特に言及をしない。

　大方友達と早く会う約束をしているのだろう。その程度に考えていた。

　その考えは、ある意味間違ってはいない。

　オタク君が早起きした理由は、完成した付け爪を早く優愛に見せたいからである。

　どんな反応をしてくれるか楽しみで、つい早起きしてしまったのだ。

「それじゃあ、行ってきます」

手早く朝食をすませて家を出るオタク君。

深夜三時まで起きていたというのに、目はギンギンにさえていた。若い証拠である。

「ふぁああ。眠い」

そんな彼の興奮も、適度な温度と、心地よい電車の揺れの前では無力であった。

段々とウトウトとし始め、既《すで》に眠ってしまう手前である。

「あっ！　オタク君おはよう！」

唐突に声をかけられ、一気に目が覚めるオタク君。

「おはようございます。朝早いんですね」

オタク君は優愛に、挨拶《あいさつ》を返す。

周りはガラガラだというのに、わざわざオタク君の隣の席に座る優愛。肩が触れ合うくらい近い距離で。

「ううん。たまたま今日は早く来ちゃっただけだよ。オタク君こそ早いね」

「ははっ。僕もたまたま早くに目が覚めちゃったので」

オタク君が早く完成した付け爪を優愛に見せたかったのと同様に、優愛もまた、早く完成した付け爪が見たくて早起きしてしまったわけだ。

お互いが「早く見たい（見せたい）」という気持ちで早起きしてきたのだが、それを口に出すのは恥ずかしいと思い、思わず嘘をついてしまった。

たまたまにしては出来過ぎてはいるが、それを突っ込めば自分に返ってくる。

「そうなんだ。一緒だね！」

「うん。そうだね！」

なので、そう返すしかなかった。

「あぁ、そう言えば」

本当は早く渡したくて仕方がないくせに、まるで今思い出したかのように振《ふ》る舞《ま》うオタク君。

「どうかしたの？」

何かあったっけと言わんばかりの言葉とは裏腹に、そわそわしながらオタク君がカバンをガサゴソするのを見守る優愛。

「これ、昨日言ってた付け爪だけど、こんな感じでどうかな？」

透明なケースの中に、傷がつかないよう丁寧に並べられた付け爪がキラキラと輝く。

付け爪の輝きに負けないくらいキラキラした笑顔で、優愛がそれを見つめる。

「凄い！　オタク君マジヤバイじゃん！　ねぇこれ本当に貰って良いの？」

言葉よりも早く出てしまった優愛の手が、オタク君から奪い取ろうとしてしまう寸前でピタッと止まった。

流石《さすが》に確認もせずに奪い取るのは失礼だと思ったのだろう。

「もちろんですよ。そのために持ってきたわけですから」

出来る限り平静を装《よそお》っているオタク君だが、内心はドキドキしていた。

付け爪に食いつく勢いの優愛が、余計《よけい》に距離を縮《ちぢ》め、上目遣《うわめづか》いで聞いてくるのだから。

オタク君はオタクだが、三次元に興味がないわけではない。

ギャルは得意ではないオタク君だが、美少女の部類に入る優愛に寄られれば仕方のない事である。

「本当に！　ありがとう！　ねぇ、これ今付けて良い？　ちょっと付けるからこれ持ってて」

喜びの余り、確認すらしなくなった優愛が、邪魔な手荷物をオタク君の膝《ひざ》に置き、器用に付け爪を一枚ずつ付けていく。

（こんなに喜んで貰えたなら、成功かな）

思ったのと違う。そんな風に言われないか不安もあったオタク君だが、優愛の喜びようにオタク君は満足であった。

贈った物が喜ばれるのは、誰だって嬉しいものである。優愛はオーバーと言えるほどの喜び方をしているのだから、贈ったオタク君はさぞかし気持ちが良いだろう。

「ねぇねぇ、どうよ？　ヤバくない？」

「そうですね。ヤバイですね」

自分で言うのもなんだが、優愛が送ってきた動画と遜色《そんしょく》ないものが出来たとオタク君は自負している。

実際に、優愛の指でキラキラと光る付け爪を、少し離れた場所にいるＯＬが少し羨《うらや》ましそうに見ていたりする。

「そうだ。記念に写真撮ろうよ。ほらほらオタク君も一緒に」

左手で器用にスマホを操作し、カメラモードにする優愛。

少し恥ずかしそうに離れようとするオタク君を、優愛が肩に手を回し、体を寄せる。

なんとも男前なギャルである。

「ほら、撮るよ。イェーイ！」

「い、いぇーい？」

ぎこちないピースをするオタク君に、満面の笑みでオタク君を引き寄せながらピースをする優愛。

スマホのカメラ音が鳴る。

朝早い時間帯なので客はまばらだ。もしそうでなければ、迷惑なバカップルがいると思われるような光景。

先ほどのＯＬが、そんな二人を先ほどとは違う意味で羨ましそうに見ていたりする。

「あっ、リコだ。おーい」

電車が止まり、駅で友達を見つけた優愛が立ち上がり、友達の元へと走っていく。

慌《あわ》ただしく現れたと思えば、慌ただしく去っていく優愛を見つめるオタク君。

すると彼のスマホから着信音が鳴った。

『オタク君。マジ感謝！』

先ほどの写真と共に、優愛からメッセージが送られてきたのだ。

写真を見ると、先ほどの優愛の柔らかい感触を思い出す。

嬉しそうに写真を見るオタク君。

彼が駅を一つ乗り過ごした事に気付くのは、この後すぐであった。

＊＊＊

付け爪の一件以来、優愛と話す事が増えたオタク君。

とはいえ、優愛はクラスメイトとは積極的に話すタイプなので、オタク君が特別仲良くされているわけではない。

そんなある日の放課後。

クラスにはオタク君と優愛の二人だけ。他のクラスメイトは部活に行くか、さっさと帰宅して、もう教室にはいない。

オタク君は日直の仕事を終え、他のクラスメイトと同じように、部活に向かおうと準備をしているところだった。

「ねぇねぇオタク君、見て見て。この雑誌の髪型ヤバくね⁉」

唐突にオタク君の机の上に雑誌を置き、優愛がいつものハイテンションで話しかける。

「良く分からないけど、ヤバイですね！」

女の子相手には意見ではなく、同調する事が大事。

オタク君がインターネットで［女の子　仲良く話す方法］と色々調べた結論である。

「でしょでしょ！」

他の女性に効果的かは分からないが、優愛には効果抜群《ばつぐん》のようだ。

うんうんと頷《うなず》きながら聞いてくれるオタク君に気を良くして、マシンガントークが始まる。

「それでまたお願いなんだけど、私この髪型にしてみたいんだけど……オタク君、髪型セット出来たりしない？」

優愛が教室に残っていたのは、このためだった。

オタク君にお願いしてみたいけれど、中々言い出せず、タイミングを見計《みはか》らっていたのだ。

無遠慮に見える優愛だが、お願い事をするのは勇気がいるようだ。

「これなんだけどさ」

優愛がとあるページを開き、指を差す。

ギャルの髪型に興味はないオタク君だが、優愛が指を差した髪型には見覚えがあった。

剣とファンタジーの某アニメに出て来るヒロインの髪型だ。

耳上の毛を後頭部で束《たば》ねるハーフアップという髪型だが、勿論《もちろん》アニメのキャラとは所々違う点がある。雑誌の女性は全体的にウェーブがかかっていて、ギャル向けの髪型になっている。

「どうかな？」

「そうですね」

オタク君は優愛の髪をじっと見る。

サラサラの綺麗なロングストレートだ。

「鳴海さんって、パーマとかかけた事あります？」

「ううん。私髪質が細いからカールとか中々出来ないのよね」

そう言って自分の髪をくるくると指で巻いてみせるが、すぐにほどけてしまう。

（となると、アイロンとかでカールにすると傷んで千切《ちぎ》れたりしそうだな）

「やっぱり私の髪じゃ無理かな？」

「そうですね。ちょっと待ってください」

スマホを取り出し、何やら検索し始めるオタク君。

そんなオタク君の画面を見ようと、オタク君の横から顔をひょっこり出す優愛。頬《ほお》が触れ合いそうなほどの距離である。

「どうしたの？」

「いえ、何でもないです」

肩に乗せられた手、ちょっとでも動けば接触しそうなほどに近くにある優愛の顔。

女性に耐性のないオタク君の手が一瞬止まるが、無理やりスマホの画面に集中し、必死に平常心を保っている。

「そうですね。この髪型ならエクステをいじれば出来そうです。それで良ければやってみますが」

「出来るの⁉　オタク君マジ最高なんだけど‼」

オタク君が調べたのは、エクステである。

優愛の髪をいじらなくても、ウェーブのかかったエクステを着用すればなんとか出来る。そう考えたのだ。

オタク君は、昔は妹の髪をセットしてあげたり、今はドール趣味で髪型をいじったりしているので、ヘアメイクにはそれなりに自信はあった。

とはいえ、優愛の髪をいじったりカットしたりするとなれば抵抗がある。失敗をするわけにはいかないので。

「あっ、でもお金かかるけど大丈夫ですか？」

エクステは安い物でも二千円はする。高校生にとっては決して安い金額ではない。

「この値段なら全然大丈夫へーキへーキ。そうだ、髪色と合わせたいからオタク君一緒にエクステ買いに行かない？」

「今からですか？」

「うん。今から」

「そうですね」

オタク君の所属している部活は第2文芸部。

普通に文芸が好きな人が所属するのが文芸部で、オタク君が入っている第2文芸部はいわゆるオタク向けだ。

なので部活に行ってもオタク仲間とオタトークをするくらいなので、サボってしまっても問題はない。

それに、優愛が買って来たエクステが使えなかったら無駄になってしまう。ついて行った方が無難だろう。

「うん。良いですよ」

「マジで！　オタク君マジ大好きなんだけど!!」

優愛はノリと勢いで喋っているだけなので、大好きに恋愛的な意味はない。

ありがとうとか嬉しいとかの感情表現の一種である。

言った本人は全く気にも留めていない。

だが、言われたオタク君は物凄く動揺していた。

(好きって、あれだよね。ラブじゃなくてライク的な。つまり友達って事だよね)

オタク君。面と向かって大好きと言われたというのに、自己評価が低すぎである。

まぁ、見方を変えれば、変に勘違いして言い寄ったりしないので理性的とも言えるが。

「友達待たせてるから、先に帰ってもらうように言って来るね、オタク君は校門で待っててて」

「うん。分かった」

オタク君の返事が終わる頃には、優愛はすでに教室の外に出ていた。

相変わらず慌ただしい人だと思いながら、オタク君も帰る準備をして教室を出ていった。

＊＊＊

廊下を進んで階段を下り、下駄箱へ向かう途中、オタク君の耳に優愛の声が聞こえて来た。

オタク君のいる階段から、丁度《ちょうど》死角になる場所に優愛がいた。

「ごめんリコ。今日オタク君と買い物行く事になったから、先に帰ってて」

「んだよ、しゃあねぇな」

優愛が友達といる事に気付き、思わず隠れてしまうオタク君。

別にやましい事があるわけではない。まだ優愛以外のギャルが苦手なだけである。

ここで出て行けば、優愛に友達のギャルを紹介されるかもしれない。そう思って咄嗟《とっさ》に隠れてしまったのだ。

優愛と一緒にいるのは、リコと呼ばれた小柄な少女。

かなり小柄で身長は１４０あるかないか、言葉遣いや格好がガサツで少しオラついた感じだ。

ギャルと判断するか迷うところではあるが、優愛と仲が良いという事はきっとギャルなのだろうとオタク君は結論付けた。

「ってかオタク君て優愛のクラスにいる小田倉か？　アイツなよなよしてて、なんかTHEオタクって感じだよな。キモくね？」

オタク君が思わず、聞き耳を立ててしまう。

（キモイか、オタクなんだから確かにそう思われるよな）

やっぱり僕がいると迷惑かもしれない。

急用が出来たので帰りますとメッセージを送るべきか。

オタク君がそう思った時だった。

「リコさ、それ酷くない？」

「はっ？」

「オタク君、悪い事何もしてないのに、勝手にオタクとかキモイとか言うのなくない？」

「あっいや」

優愛の声色《こわいろ》は、明らかに怒っていた。

リコと呼ばれた少女は、その反応に明らかに戸惑《とまど》っている感じだ。

動揺しているのはリコだけではない。オタク君もだ。

オタク君もリコも、優愛が「わかる、キモイよね」と言うと思っていたからだ。

鳴海さんは悪い人ではない、頭ではそう分かってはいる。だけど、ギャルから見たオタクの自分への評価なんてそんなものだと思っていた。

だから、自分の事で本気で怒ってくれた事に、動揺と、少しの罪悪感を抱いた。

オタクに偏見《へんけん》を持たない彼女に対し、ギャルという事で偏見を持っていた自分に。

「そのっ……わりぃ。先帰るわ」

そう言って駆け出したリコ。向かっているのはオタク君がいる方向である。

慌てて隠れようとするオタク君だが、間に合うわけもなく、リコに見つかってしまう。

すれ違いざまにオタク君を睨みつけ、そのまま去っていくリコ。

リコが駆け出した方向とは反対へ優愛が歩いていく。

オタク君は息をひそめ、優愛がいなくなったのを確認してから校門へと向かった。

（なよなよかぁ……）

オタク君は、階段に備《そな》え付《つ》けてある大きな鏡を見る。

ぼさぼさというわけではないが、セットしていない髪型に、猫背のメガネが鏡の中にいた。

鏡の前で少しだけ髪を整えて、背筋を伸ばす。

今のオタク君に出来る、精一杯のオタクっぽく見られないための行動である。

彼が自分のために怒ってくれた優愛に出来る、せめてもの誠意だ。

＊＊＊

「オタク君おまたせ」

「いえ、準備してたので、今来たところですよ」

「そうなんだ。じゃあ早速行こっか」

「はい。ところでどこに行くんですか？」

校門を出て、優愛に合わせて歩くオタク君だが、目的地は分かっていない。

「一駅離れた所に大きな商店街があるでしょ？　そこにウィッグやアクセの専門店があるから、そこを見て行かない？」

「分かりました」

オタク君も優愛も電車通学なので、定期券を持っている。

なので電車を使う移動は、比較的安価に出来るのだ。

彼らが向かう場所は、県内で最も多く人が集まる地域。

その地域に近い場所にある商店街で、有名な神社などがあるので、外国人観光客も多く、かなり栄《さか》えている商店街だ。

商店街には土産物屋やカフェ、ちょっと変わった飲食店やパソコンショップ等が多く立ち並んでいる。

その中には、当然オタク君をターゲットにしたお店もあるが、今回向かうのは女性向けのお店である。

「そういえばオタク君、髪型変えた？」

「えっ……」

確かにオタクっぽく見られないようにいじったが、微々《びび》たる変化だ。

だというのに、優愛はめざとくそれを見つけた。

普通ならその手の変化を気付いて貰えるのは嬉しいが、リコとのやり取りがあった直後。

これでは二人のやり取りを、オタク君が盗み聞きしていましたと言わんばかりだ。

「ほら、学校と違って人が多いところに行くから、だらしない格好するのは嫌だなと思って」

なので背筋もこうやって伸ばしてますと言いながら、オタク君はわざと猫背にしてから背筋を伸ばした。

「変かな？」

「いーじゃんいーじゃん。そういえばオタク君、オタク趣味隠してるんだから、その辺気にするよね」

「うん、まぁね」

「それならさ、学校でもちゃんとした方が良くない？」

「あはは、朝忙しいとついサボっちゃうからね」

「あー、確かに朝はだるいからね。あっそうだ。オタクっぽく見られたくないならこうした方が良くない？」

目的地に着くまでの間、優愛はオタク君の髪をいじったりして遊んでいた。

オタク君の髪をいじったりするたびに、スマホのカメラで写真を撮っては「これでどうよ？」と聞く優愛に、良く分からないなりに返事をするオタク君。

（何がどう変わったのか良く分からないけど、鳴海さんが満足ならそれで良いか）

なすがままにされるオタク君。

とりあえず誤魔化す事には成功したようだ。

「いらっしゃいませ」

商店街に到着したが、具体的にどの店が良いか決めていなかった二人は、近くの店から手当たり次第入る事にした。

気に入った物が見つかったら、その場で購入する予定だ。平日の放課後に電車に乗って来たため、時間に余裕があるわけではないので。

「ねぇねぇオタク君。これ凄くない？」

というのに、優愛は目的外の物に興味を奪われている。

今優愛が手に持っているのは、メッシュを入れるためのエクステ。

ピンクな色合いの細いウィッグで、何本か付けるとカラフルな感じになりそうである。

「そうですね。値段もお手頃で悪くなさそうですし、目的のエクステを買って、財布に余裕があったら買って行きます？」

「おっ、良いね！」

優愛は手に持ったエクステを元の場所に戻す。

変に否定をしたりするのはあまり良くないので、同意しながら目的地へエスコートするオタク君。

彼が「女の子　話し方」でググって、自分なりに出した答えだ。

優愛は気分を害する事なく、オタク君にエスコートされるままに目的の物を探し始めているので、多分正解だろう。

「襟足《えりあし》エクステは、この辺のようですね」

女性向けのショップだが、オタク君は思ったより動揺した様子がない。

最初は少し動揺したオタク君だったが、店を見回して気付く。店に置いてある物は普段ドールのウィッグで使っている物と大体同じような物ばかりだと。

大きいドール用品が置いてあるお店。彼の脳内はそう判断したようだ。

だが、そのおかげで目的の物をすぐに見つけ出す事が出来た。

優愛に任せていれば、次々と別の物に興味が移り目的を忘れて閉店時間になっていただろう。オタク君、ファインプレーである。

「色々種類あるね。とりあえず髪の色と同じのを選べば良いかな？」

「いえ、そうとも限りません」

優愛が手に持ったものと、オタク君が手に持ったものは明らかに色が違う。

優愛の持っているのは優愛と同じ明るい金髪のエクステだが、オタク君が持っているのは毛先がピンクになっている物と白になっているエクステである。

「確かに同じ髪色ですと違和感なく出来ます。ですがせっかくエクステで遊ぶのでしたら、普段は中々出来ない色を混ぜてグラデーションを作る事も出来ます。例えばこちらのピンクですと髪型と色の両方で活発《かっぱつ》な印象を与える事が出来ますし、こちらの毛先が白の場合は派手な髪型と色に反し、落ち着いた印象を与える事が出来ますよ」

「なになに、オタク君めっちゃ詳しいじゃん⁉　ヤバッ！」

思わず自分のテリトリーの会話をしてしまうオタク君だが、優愛にとっては斬新《ざんしん》な発想に思わず驚いてしまう。

確かに自分と同じ髪の色を選べば髪型が変わりはするが、どうせなら違う色を試《ため》してみたい。そして、色を変えるなら、もっと違う髪型もやってみたいと悩む優愛。

「ついでにカールを強くするのとかどうかな？」

「あっ、それなら耐熱性のエクステにしましょうか。自然な感じの軽いカールの物を選んで、着用した時に物足りなかったら僕がヘアアイロンで調整しますよ」

「オタク君マジ神‼」

オーバーな褒め方だが、オタク君は満更《まんざら》でもない様子である。

オタク知識がこんな所で役に立ち、ちょっと自慢げだ。

『鳴海さんはどっちが良いですか？』

オタク君がそう聞く前に、毛先が白のエクステを手に持ち、すでに会計に向かっている優愛がいた。判断が速い。


翌日。

「うっわ、優愛の髪型すごっ。マジヤバくない？」

「ってか最近、優愛おしゃれじゃね？」

優愛はエクステを買った帰りに、オタク君に教えてもらいエクステの調整の仕方や、ハーフアップの作り方を覚えた。

が、結局上手く行かず、朝方にスマホのメッセージでオタク君に泣きつき、早朝の電車の中でやって貰ったのだった。

「オタク君がたまたま早起きしててくれてマジ助かったわ」

「もしかしてと思って、早起きしておいたので」

それなら最初から「明日早起きして髪の毛セットしに行きましょうか？」と言えば良かっただけだが、オタク君にそれを言える勇気はまだない。

「ちょっ、あの子の髪型凄くね？」

「良いな。どうやったんだろ？」

「私ちょっと聞いてみようかな」

学校で優愛とすれ違う女子たちは、振り返り羨ましそうに見たり、中には話しかけたりしている。

オタク君から教えて貰った知識を自慢げに話す優愛を見て、オタク君も満足そうだ。

しばらくしてから彼は気付く。優愛の髪型をセットするために、初めて妹以外の女の子の髪や頭を触っていた事に。

好きな事や得意な事になると周りが見えなくなるのはあまり良くないが、もし優愛を意識していたら髪型のセットは上手く行かなかっただろう。

サラサラした優愛の髪の感触を思い出し、しばらく悶々とした気持ちになるオタク君であった。

＊＊＊

「オタク君。お願いがあるんだけど」

「どうしたんですか？」

「説明するより見て貰った方が早いかな。ちょっとついて来て」

「分かりました」

最近では慣れて来た優愛のお願いだが、今回は何か違う。

そう感じ取ったオタク君は、あえて言及せずに返事をした。

いつもなら優愛はお願いがある時は、放課後の人がいなくなるタイミングを見計らって、オタク君をチラチラと見ている。

だというのに、今日はまだ他の生徒がいる時間に、真剣な表情でオタク君に詰め寄ってお願いをしているのだ。

オタク君は席を立ち、優愛の後をついて行く。

クラスを出て廊下を歩き、別のクラスの教室の前で優愛が立ち止まった。

「あの子、私の友達なんだけどさ、あれ見てよ」

優愛に促され、オタク君は教室を窓から覗《のぞ》き込《こ》む。

優愛が指さす方向には、机に座ってだるそうにスマホを覗き込んでいる少女がいた。

オタク君はその少女に見覚えがあった。

前に優愛とエクステを買いに行く時に、優愛が注意した友達だ。

「リコって言うんだけどさ」

「そのリコさんがどうしたんですか？」

どうしたか優愛の口から聞く必要はなかった。

オタク君たちが見ている前で、リコはクラスメイトの女子たちからちょっかいをかけられ始めたからだ。

「ちょっ、その天パウケる。消しゴム投げたら埋まったんですけど」

「お前さ、チビのくせに態度デカくてむかつくんだわ。ねぇ聞いてる？」

それでも我関せずといった様子のリコに対し、女子たちがちょっかいをかけ続けると、近くにいる男子たちも一緒になってからかい始めた。

不快感をあらわにするオタク君と優愛。見ていて気分の良い光景ではない。

「あの、あれってイジメじゃ」

「あー、本人に言っても、それは否定されるんだよね」

「やめさせた方が良いんじゃないですか」

「うん。その事でオタク君に相談があるんだよね。ちょっと教室に戻ろっか」

「でも……分かりました」

やめさせた方が良い。そう言ったオタク君だが、やめさせようとしても、やめさせられない事は理解していた。あの手の連中は言って聞くわけがない、と。

だからと言って放置をすれば、段々エスカレートしていき、最後は取り返しがつかない事になる。

優愛は相談があると言った。つまり彼女には何らかの打開策があるのだろう。

後ろ髪を引かれる思いをしながら、オタク君は優愛と共に教室に戻って行った。

「それで、僕に相談というのは？」

「うん。明日なんだけど、登校前にウチに来てくれない？」

オタク君は「はぁ?」という言葉を必死で飲み込む。

(なんだか話のつじつまが合わないけど、まだ鳴海さんの説明の途中だ。最後まで聞いてから判断しよう)

「朝、鳴海さんの家に行ってどうするんですか?」

「うん。リコをウチに呼ぶから、私にしたみたいにリコをイメチェンして欲しいんだよね。可愛くなるように」

「イメチェンしたところで、イジメはなくならないんじゃないかな……」

「大丈夫、そこはちゃんと作戦があるから。作戦のためにはイメチェンが必要なの」

「それは僕じゃないとダメなんですか?」

「自慢じゃないけど、私がやったら失敗するよ!」

(それは本当に自慢にならないな)

優愛は別に不器用というわけではないが、慣れない事をすると失敗する事が多い。

なので、手先が器用なオタク君にお願いする事にしたのだ。

しかし、頼まれたオタク君は、つい先日リコに「キモくね?」と陰口《かげぐち》を叩かれた挙《あ》げ句《く》、睨まれたばかりだ。

そんな彼の決断は。

「分かりました。どんな作戦を用意しているか分からないけど、手伝いますよ」

二つ返事でOKだった。

先ほどのリコの姿が、かつてオタクという理由で馬鹿にされていた自分とかぶって見えた。

オタク君がリコに対して思うところがないわけではないが、それでも見捨てられない。

なので、優愛の提案に乗る事にしたのだ。


翌日。

「えっ、なんでコイツもいるの？」

優愛の家でオタク君を見たリコが、目を丸くする。

優愛に呼ばれて朝早くから家に来てみれば、何故かオタク君も優愛の家にいたのだ。

ちなみに優愛の両親は仕事のために不在である。

「えっと、鳴海さんにお呼ばれしたので」

「オタク君をお呼びしたので」

「チッ。それで小田倉を呼び出した理由は？」

「今日リコの髪をいじるって言ったっしょ？　それをオタク君がやってくれるの」

「そうか。帰る！」

荷物を片手に帰ろうとするリコを、優愛が必死に説得する。

「ほら、私の今日の髪型もオタク君がセットしてくれたんだよ？」

「知らねぇよ。優愛の髪いじらせたからって、アタシの髪をいじらせる理由にはならないだろ！」

「ねぇリコ。お願い」

「……チッ」

とても嫌そうな態度で、リコはソファに腰をかける。

「おい小田倉ァ！」

「は、はい！」

「ちょっとでも変な真似したら承知しねぇからな！」

「分かりました」

リコはそのままソファに体を預け、好きにしてくれと言わんばかりに脱力し始める。

彼女が聞き入れたのは、なんだかんだ言いながらも、オタク君がセットした優愛の髪型を見て興味がわいたからである。

おしゃれに興味があるお年頃なので。

ソファに座ったリコの後ろに回り込み、オタク君は準備のためにカバンから道具を取り出し始める。

「オタク君のヘアアイロン小《ち》っちゃくない？」

「ええ、ドール用なので。一番小さいのを買ったんですよ」

「それなら私の貸してあげるよ。こっちの方が大きいから使いやすいっしょ」

「ありがとうございます。ついでに優愛さんの化粧品も貸してもらって良いですか？」

「えっ？」

「えっ？」

「えっ？」

三者三様の「えっ？」であった。

「オタク君、メイクもするの？ってか出来るの？」

「リコさんをイメチェンするというので、てっきりメイクもするものだと思っていたのですが……」

オタク君は化粧品自体に触った事はない。だがフィギュアやドールのメイクなら、それなりに数をこなしているので、ある程度は出来ると自負している。

勿論それだけで出来るわけではないので、前日にネットで動画を見ながら、必死に覚えて来た。

見ただけでは覚えられないと、自作でそれっぽい道具を作り、自分の顔を使って試したりしながら。

「オタク君メイクも出来るなんて、マジ凄いじゃん！」

「ま、まぁちょっとだけですけどね。えへへ」

そんな二人の会話を聞いて、やっぱり帰ろうかと悩むリコだった。

＊＊＊

「それでどんな感じにするの？」

「そうですね。まずは髪の毛をストレートにしましょうか」

オタク君は優愛から借りたヘアアイロンの電源を入れる。

自分が使っていた物よりも一回りも二回りも大きい。そのため、多少の感覚の違いを感じ少しためらった様子だ。

「もし熱かったら言ってください」

「お、おう」

悪態をつこうとしたリコだが、それでオタク君の手元が狂ったらと考えると、流石に大人しくせざるを得ない。

オタク君は、まずは軽く霧吹きでリコの髪全体を湿《しめ》らせながら、櫛《くし》を通す。

一応それだけでも真《ま》っ直《す》ぐにはなるが、乾《かわ》けばまた跳《は》ねてカールし始めてしまう。

「洗濯ばさみを使うの？」

「はい。本当は大きいクリップが良いのですが、あいにく持っていないので。痛くないようにしますので、ちょっと我慢してくださいね」

ヘアアイロンをかける順番を考えながら、洗濯ばさみで髪をブロック分けしていく。

洗濯ばさみはドールウィッグの調整から、プラモを塗装する時の固定まで色々な用途に使えるので、オタク君は普段からいくつかストックしている。

今回持ってきた洗濯ばさみは、挟む力が弱めの物だ。痛くないようにするのと、髪に変な癖がつかないようにするためである。

リコの髪を、根本付近からアイロンしていく。

硬い髪質なので、一度に多くの髪を取りすぎないよう、少しずつ、ゆっくりと丁寧に。

「わぁ、オタク君凄い！」

「確かにこれはすげぇな」

リコが自分の髪を触ると、滑《なめ》らかな手触りと共に、サラリと指から滑り落ちていく。

普段の絡《から》みつくような癖毛《くせげ》からは想像できない様に、リコも驚くしかなかった。

ただ一つ不満があるとすれば、普段は癖毛のおかげで少しだけ身長が盛れていた分が減った事である。

リコが自分の頭のてっぺんを触ると、そこにはペタンコになった髪があるだけだった。

まぁ、盛ったところで身長が１４０に届くかどうか程度なので、小さい事には変わりがないのだが。

「それでは髪型をセットする前に、先にメイクをしますね」

「あいよ。時間は大丈夫なのか？」

三人同時に時計を見るが、登校するまでまだ一時間以上ある。

「大丈夫、だと思います」

「もしもの時は、三人仲良く遅刻すれば良いんじゃない？」

「良くねぇよ」

乾いた笑いを浮かべながら、オタク君がリコのメイクを落とし始める。

「あ、それなら私も手伝えるよ」

「それじゃあ、手伝いお願いします」

「了解」

メイク落としのシートを使うと、リコのメイクはすぐに全て取れた。

彼女はまだ学生、メイクと言っても眉《まゆ》とアイラインを少しいじる程度でしかない。

「あんまジロジロ見んなよ。恥ずいから」

すっぴんといっても、メイクを落とす前とたいして変わった様子はない。

それでもリコにとっては恥ずかしいようだ。

そんなリコの言葉も、今はオタク君には届いていない。

オタク君は完全に集中モードに入っているからである。

まずは瞼《まぶた》付近に薄い色のアイシャドウを塗り、その上部にゴールド、目じりにピンクとグラデーションを作っていく。

オタク君が普段ドールヘッドのメイクをする時に、色鉛筆でやっている塗り方である。

今回は優愛の化粧品を使っているので、仕上がりがかなり自然になっている。

オタク君がじっとリコの目を見つめながら、ゆっくりとアイラインを引いていく。

「そうだな、せっかく可愛いんだから、目はタレた感じにした方が良いかな」

ぶつぶつと呟きながらメイクを施《ほどこ》すオタク君。

完全に相手がリコという事を忘れ、大きいドールでも相手にしているような状態になっている。

「おまっ、誰が可愛いって」

「動かないで！」

なおも呟くオタク君に突っ込もうとするリコ。

だが集中モードに入ったオタク君は周りが見えず、態度が少々強気である。

コイツ、後で絶対に殴《なぐ》る。そう思いながらリコは大人しくする事にした。

「鳴海さん、出来るだけ小さい筆ってありませんか？」

「あるけど、どうするの？」

「口紅ですが、このままだと上手く使えないから、筆に付けて塗りたいので」

「なるほど。ちょっと待ってて」

優愛は奥の部屋へパタパタと駆け出し、すぐに戻って来た。

手に持っているのは絵の具を塗るような筆だ。細さは小指の半分もないサイズの。

「これでいける？」

「多分大丈夫です」

口紅を筆ですくいながら、ゆっくりとリコの唇《くちびる》へと運んでいく。

オタク君が選んだのは薄いピンク。上唇は面積より少し少なめに塗っていく。

「……これで完成です」

オタク君がそう言ってリコに鏡を手渡した。

「な、なんじゃこりゃああああああ‼‼」

まだ朝早い時間だというのに、ご近所様から苦情が来そうなほどの大声を出すリコ。

彼女が驚くのも無理なかった。

「アタシの目がなんでこんなデカいんだよ！　ってかガキっぽいだろこれ！」

「そんな事ないよ。可愛いじゃん！」

メイク落としシートで落とそうとするリコを、優愛が必死に止める。

オタク君がリコにしたメイクは、目を大きく、口角が上がって見えるようにしたメイクである。

リコは不機嫌そうな顔をしている。別に不機嫌ではないが、周りから見たら不機嫌そうに見えるのだ。

そんなリコを見て、ふざけてちょっかいをかけたがる人間は多いとオタク君は考えた。

なので、まずは目を大きくし、やや垂《た》れさせる。それだけでもキツイ印象が大分抜ける。

そして唇も口角が上がっているように見えれば、自然と機嫌が良さそうに見えてくる。

結果として、ちょっと子供っぽくはなってしまったが、彼女の体型からすれば可愛らしい感じに仕上がったともいえる。

ストレートになったせいで垂れた前髪をヘアピンで留めると、更に可愛さが増してしまう。

そんなリコを優愛は抱きしめながら「可愛い」を連呼していた。

なおもメイクを落とそうとするリコ。

最終的に優愛の泣き落としにより、渋々ではあるが、リコは本日そのメイクで過ごす事を了承した。


「そうだ、どうせなら格好ももうちょっと変えよ。リコってばスカート長いし、ブラウスはちゃんと入れちゃってるし」

言うが早いか、優愛が制服の上からリコをまさぐり始める。

右手でブラウスのボタンを外しながら、左手でスカートを折り始める。

「お、おいバカ。小田倉が見てんだろ、一旦手を止めろ。小田倉、テメェは後ろ向け！」

「あっ、はい！」

「見てないよな！」

「勿論です！」

そう答えたオタク君だが、チラリとリコの下着が見えたのは秘密である。

リコのイメチェンも終了し、三人は学校へ向かった。

可愛く仕上がったリコだが、優愛の手によってブラウスが上は胸元まで、下はへそが出る部分までボタンを開かれている。

ネクタイは緩《ゆる》められ、太ももが出るほどのミニスカートで見事なコギャルになっていた。

「言っとくけど、今日だけだからな。こんな恥ずい格好すんの」

「えー、ずっとそれで良いじゃん」

そんな会話をしながら、リコの教室にたどり着いた。

リコが教室に入ると、その変わりっぷりにクラスメイトの誰もが二度見をした。

「ちょっと、何イメチェン？　ってかガキにしか見えないんだけど？」

そんなリコを見て、昨日リコにちょっかいをかけていた女子たちが早速絡みに来る。

だが、少しだけクラスの様子が違った。

「お前らも何か言ってやりなよ」

「…………」

男子たちは狼狽《うろた》えた様子で何も言わない。

優愛はそれを見て、作戦の成功を確信し思わず笑みをこぼす。

「あのさ、リコにウザ絡みすんのやめてくんない？」

優愛の反撃が始まった。

＊＊＊

「あのさ、吉田《よしだ》君が好きだからって、リコをダシにして話すきっかけにするのやめてくれる？　って言ってるの」

「はっ？　いきなり何お前？」

「はっ、ちょっ」

そう指摘されると、リーダー格の女子が顔を赤くして言葉を詰まらせた。

どうやら優愛の指摘は図星だったようだ。

「おお、吉田お前だってよ」

「ヒューヒュー。やるじゃん」

男子たちはというと、リコから目標が変わった事に気付き、早速吉田と呼ばれた男子生徒をからかい始める。

吉田と呼ばれた男子生徒が心底迷惑そうに「やめろって」と言うが、周りの男子たちは反応すればするほど面白がってからかうだけだった。

「大体あんなブス興味ねぇし!!」

ついに吉田の堪忍袋《かんにんぶくろ》の緒が切れたのだろう。

思わずそう叫ぶと、リーダー格の女子の顔が曇《くも》っていく。

「はぁ？　ちょっと酷くね？」

「ってか鳴海、テメェ調子こいてんのか？」

その様子を見て、取り巻きの女子たちが優愛に噛《か》みつく。

しかし優愛はというと、取り巻き女子たちをつまらないものを見るような目で見ている。

「あんたらも、よくこんな奴庇《かば》えるね。いつもどっちかいない時に悪口言われてるのに」

「はぁ？」

「そ、そんな事……ねぇし」

「ちょっと、何？　今どもったけど、本当にいない時二人して私の悪口言ってるの？」

「私は言ってないし、ってかそっちこそどうなのよ」

「わ、私も言ってねぇし。あいつが勝手に言ってるだけだから……」

取り巻き女子がリーダー格の女子を見る。

「ちょっと、鳴海の言う事なんか信じなくて良いってば。そんなの嘘だってわかるっしょ？」

そうは言うものの、このリーダー格の女子はとにかく誰かの悪口を言ってばかりだったりする。

もちろん、悪口の対象は取り巻きの女子も含めてだ。

「最悪。もう話しかけんな」

「男狙いでやってたのかよ」

故《ゆえ》に取り巻きの女子たちが離れていく事になった。

普段の行いから、リーダー格の女子が自分たちの悪口を言っていると確信したからだ。

リーダー格の女子は取り巻きもいなくなり、頼りの男子からはからかわれる始末である。

「マジお前らうぜぇんだけど！」

そう言って教室を出て行くリーダー格の女子。

シーンとなる教室。直後予鈴が鳴り響く。

「優愛たち教室に戻らなくて良いのか？」

「そうだね。じゃあまた後で」

「ん」

存在感が薄くなっていて分からないが、優愛と共にオタク君も一緒にいた。

優愛のバトルを見てオロオロしているだけだったが。

「鳴海さん。あれで良かったのですか？」

「うんうん。大成功だよ」

満足そうに頷く優愛。

「男子たちってリコを馬鹿にしてたけど、急に可愛くなったら馬鹿にしづらいでしょ？」

ったからだ。

「そうなんですか？」

「そうだよ」

実際に男子連中が黙ったのは優愛の言う通り、リコのイメチェンで馬鹿にしづらくなったからだ。

リコのメイクをしたのはオタク君だ。男が男ウケするメイクをしたのだから、下手に女子がメイクするよりも男ウケが良くなるのは当然である。

「普段は言い返そうとすると、途中で男子が加勢してからかって来たりするんだよね」

「そうですね。昨日も馬鹿にする時一緒になってましたし」

「せめて男子さえ少しでも黙らせれば、後はあいつらだけだったからね」

あいつらというのは、リーダー格の女子たちの事だ。

「でも、よく吉田君が好きって分かりましたね」

「それは、女の勘ってヤツ？」

そう言って優愛はイタズラっぽく笑うが、本当はちゃんと調べ上げていたりする。

優愛は誰にでも話しかけるので、交友関係は広い。その中にリーダー格の女子と同じ中学の子がいたので、その子から教えて貰っていたのだ。

かつて中学でも、男子の気をひくために同じような事をしていたと。

「でも、これでイジメが悪化したりはしませんか？」

「大丈夫でしょ。一緒にいた子たちも離れたし、一人じゃ何も出来ないと思うよ」

そう言いつつも、少し不安に思い、休み時間の度《たび》に何度もリコの教室を覗きに行く優愛とオタク君。

だが、優愛の不安は杞憂《きゆう》に終わり、リコがちょっかいをかけられるような事はなかった。

本日の授業を終えたオタク君は、部活動には顔を出さずさっさと帰る事にした。

朝早くから優愛の家に行ったため、すでに眠気が来ていたので。

教室を出て下駄箱へ、そのまま校門を出てしばらくすると、見知った顔を見つける。

リコである。

普通ならもう知り合いなのだから、声をかければ良いだけだ。

しかしオタク君は女慣れをしていない。

(ここで下手に話しかけても嫌がられるかもしれないな)

そんな風に考えるオタク君。相変わらずの自己評価の低さである。

彼の結論は、ちょっと頭を下げて横切る、だった。

「おい小田倉」

「あっ、はい」

横切ろうとするオタク君に、リコが話しかける。

「えっと、姫野《ひめの》さん。何か用かな？」

姫野とはリコの苗字である。

彼女の本名は姫野瑠璃子《るりこ》。

身長が低い彼女は、この苗字と名前のせいで可愛いといじられる事が多い。

「姫野はやめてくれ、名前もあまり好きじゃないからリコで良い」

「あっ、はい。リコさん」

なので、ある程度親しい人間にはリコと呼ばせている。

どうやらオタク君も、ある程度親しい認定をされたようだ。

「それで、どうしました？」

「いや、その……今日は色々とありがとな。あいつらどうにかするために、優愛と計画してやったんだろ？」

「知ってたんですか？」

「いや、優愛の様子が変だから、どうせそんな事だろうと思ってな」

「そうですか。でも僕はやりたかった事なので、気にしなくて良いですよ」

実際にオタク君はリコの髪をいじったり、メイクするのを楽しんでいた。

化粧道具も色々触れたから、今後のオタ活に活かせる。そんな風に考えているくらいである。

「あの、それとさ、前に小田倉がいない時『オタクだからキモイ』って言って優愛に怒られた事があんだけどさ、お前の事良く知らずそんな事言っちまって、その、悪かった……ごめん」

リコが謝罪の言葉を口にした。

何度も「あの」や「その」と口にし挙動不審な感じになっているのは、素直に謝ることが出来ず、どう謝れば良いか悩んでいたからだろう。

リコは謝罪の言葉を口にした後に、オタク君に頭を下げる。

そんなリコを見て、オタク君の目元が和《やわ》らいだ。

この時オタク君は、眠気からか、それとも上手くいったからか、どちらにせよ気が緩んでいたのだろう。

優愛よりも一回り以上小さいリコの姿が、最近はめっきり自分に冷たくなってしまった妹とかぶって見えていたのだろう。

「気にしなくて良いですよ」

だから、そう言いながら、オタク君はリコの頭を撫《な》でた。

「あぁん？」

「あっ……」

慌てて手を離すオタク君だが、すでにやらかした後である。

猛獣のような目つきで睨みつけて来るリコに対し「ひっ」と小さな悲鳴を上げるオタク君。

「おい小田倉ァ！」

「ひぃ、ごめんなさい」

オタク君、リコの怒気に押され、思わず防御の姿勢を取る。

だが、オタク君にリコの攻撃が飛んでくる事はなかった。

思わず閉じた目を、ゆっくりと開ける。

「ったく、他の奴らがいる前では絶対にするなよ」

「は、はい」

「特に優愛の前でやったら承知しねぇからな！」

（他の人がいなければしても良いの？）

そんな疑問が湧いたが、当然オタク君は口には出せない。

せっかく矛《ほこ》が収まったのに、そんな事を口にすれば、またリコが怒り出しかねないからである。

「用件はそれだけだ」

「あっ、はい」

「それじゃ小田倉、またな」

リコと手を振り別れた後、オタク君は顎《あご》に手をやり、首を傾《かし》げた。

「メイクの時にチークなんて塗ったっけ？」

少しだけリコの頬が赤くなっていたのは、きっとオタク君の気のせいだろう。

閑話「あの日飲んだタピオカの味をオタク君はまだ知らない」

放課後の商店街。

そこには行列が出来ていた。

行列の先にあるのは、タピオカ屋である。

少し前と比べれば人気は落ち目だが、それでも人気店となると三十分以上待たされる事がある。

そんな行列の中に優愛《ゆあ》がいた。

流行《はや》り物が大好きなので。あと甘いものも。

「あっ、オタク君だ。おーい」

行列で待っている間、優愛がたまたま通りかかったオタク君を見かけて声をかける。

割と必死な声で。

「鳴海《なるみ》さんも寄り道ですか？」

平静を装《よそお》っているオタク君だが、こんな大通りで大声で「オタク君」と呼ばれ、内心は逃げ出したい気持ちで一杯である。

実際にオタク君と呼ばれた彼を、近くで呼び込みをしているメイドや、通りかかったオタクが思わず振り向いて見てしまい注目を集めているのだ。

(オタクに優しいギャル。存在したのか⁉)

オタク君と優愛に対して、皆が同じ事を思った。

「オタク君、悪いけどトイレに行きたいから代わりに並んでてくれる?」

「あっ、はい」

言うが早いか、優愛がオタク君に荷物を預け走り出した。

「すみません、友達がトイレなので」

「あー良いよ良いよ」

列の前後の人に一言謝ってから並ぶオタク君。

(これが噂《うわさ》のタピオカ屋か……なんでプロゲーマーのサイン色紙がこんなにも飾ってあるんだろう?)

正しくはタピオカ屋ではなく、クレープ屋である。

プロゲーマーたちから信頼の厚い人物が店長として働いているため、プロゲーマーたちが足を運びサインを書いて行く事でも有名なお店だったりする。

しばらくして、優愛が戻って来た。

「いやぁ、オタク君が通りがかったおかげで助かったわ。漏《も》れそうでマジヤバかったし」

「これくらいお安い御用ですよ」

出来れば「オタク君」と大声で呼ぶのはやめて欲しいかなと思うオタク君。

優愛は、目的のタピオカミルクティーを買えて満足そうだ。

「オタク君は買わなくて良かったの？」

「僕は優愛さんの代わりに並んでいただけなので」

「そっか。オタク君真面目だね」

謙虚に断っているオタク君だが、タピオカミルクティー一杯五百円。

五百円と少しあれば漫画を買える金額である。

万年金欠の学生には、一杯五百円は厳しい金額といえる。

「オタク君は何してたの？」

「えっと、参考書を買いに」

思わず嘘《うそ》をついてしまうオタク君。

本は本だが、買ったのは漫画だ。

隠すような大人の本ではないが、内容は少々過激なものである。

隠しているのを親に見つかったら「小《ち》っちゃい女の子の裸が描かれているエッチな本」と言われ、トラブルになりそうなほどの……。

「へー、あっそうだ。オタク君聞いて聞いて」

参考書と聞いて興味を失った優愛が、早速話題を変える。

マシンガンのように次々と話題が出てくるのを、オタク君はとにかく相槌《あいづち》を打って返している。

あれ以降、リコがイジメられなくなった事。

また新しい付け爪が欲しいから作って欲しい事。

他の髪型やメイクに挑戦したいから教えて欲しい等。

「ねぇねぇオタク君、良いかな？」

そうやってお願いされれば、オタク君も「良いですよ」とつい安請負《やすうけあい》をしてしまう。

そんな風に会話ばかりしているせいで、優愛の手に持ったタピオカが減る様子がない。

「そういやさオタク君」

「なんですか？」

「簡単に痩《や》せる方法とかないかな？　いや、別に太ったわけじゃないんだよ。ただ、こう、もうちょっと痩せたいかなと思うのよ」

お前は何を言っているんだ？

優愛の発言を聞いて、オタク君の表情が固まった。

その右手に持った物が何か分かっているのか、と。

「最近は甘い物も出来るだけ控《ひか》えてるんだよね」

「えっ、でも……」

「どうしたの？」

オタク君が言いづらそうにしているので、返事を待つ間にタピオカを啜《すす》る優愛。

先ほどまで喋《しゃべ》っていた分を取り返すように、容器のタピオカとミルクティーが勢いよく減っていく。

「タピオカミルクティーって、どれだけカロリーあるか知ってます？」

「えっ、知らないけど。ダメなの？」

どうやら知らなかったようだ。

タピオカミルクティーがどれほどのカロリーと糖質を持ち合わせているのか。

あまりにも美味《おい》しそうに飲んでいるので、オタク君、かなり言いづらそうである。

「そうですね、鳴海さんのその一杯で、ラーメン一杯分くらい、かなぁ」

優愛が持っているタピオカミルクティーは、インスタで映《ば》える事から大人気の、一番大きいサイズである。

控えめにラーメン一杯分くらいと言うオタク君だが、余裕でラーメン一杯のカロリーを超えているだろう。

優愛はその発言を聞いて、青ざめていた。

「飲み物なのに⁉」

「飲み物なのにです」

飲み物だからカロリーは少ない。

多分、そんな風に考えていたのだろう。

まじまじと自分の右手に持ったタピオカミルクティーを見つめる優愛。

これがラーメンと同じカロリー……つまり、ラーメンは低カロリーだった⁉

そんな風に現実逃避をしたいところだが、逃げてもカロリーは追いかけてくる。それくらいは彼女も理解している。

「……オタク君、これあげる」

「えっ」

タピオカミルクティーを手渡され、困惑《こんわく》するオタク君。

「ほら、今私お腹《なか》いっぱいだし」

見《み》え透《す》いた嘘ではあるが、オタク君も今さっき嘘をついたばかりだ。

嘘を咎《とが》めるには抵抗を感じるオタク君。

「それではありがたく」

なので、素直に頂く事にしたようだ。

話題になっているから、オタク君もタピオカミルクティーに興味はあった。

ただ、値段が高いから、今まで手を出さなかっただけで。

「あっ……」

(これって、間接キスになるんじゃないか)

先ほどまで優愛が口づけていたストロー、これに口をつければ、まごう事なく間接キスである。

だが、渡した優愛は気にした様子がない。

もしここで自分が躊躇《ちゅうちょ》したりすれば、間接キスを嫌がられていると思い傷付けるかもしれない。オタク君は意を決してストローに口づける。

(これ、間接キスじゃん)

実際のところ、優愛は相当気にしていた。

彼女は見せブラや見せパンが見えたとしても「見せるための物だし?」と言って恥ずかしがったりはしない。

だが、キスに関しては別だ。

今まで付き合った経験がない優愛は、当然キスもまだなのである。

女子高生ギャルの優愛は、意外なところで初心《うぶ》だった。

思わずオタク君がストローを口にしているのをガン見してしまう優愛。

そんな優愛の様子に、オタク君が気付く。

彼は鈍感《どんかん》だが、気が利かないわけではない。

(鳴海さん、やっぱり飲みたいんだ)

「鳴海さんも一口どうです?　ほら、二人で分ければカロリー半分ですし」

そう言って容器を差し出すオタク君。飲むための免罪符までちゃんと入れている。

鈍感と気遣いの合わせ技である。

(ここで断ったら、私がオタク君と間接キスを気持ち悪がってると思われちゃうよね)

「そ、それじゃあ一口もらおうかな」

やけに胸が高鳴るのを感じながら、優愛はストローに口をつける。タピオカの容器をオタク君が持ったまま。

傍《はた》から見れば、仲の良いカップルである。

ズズッと一口飲んで、ストローから口を離す優愛。

「いやぁ、やっぱりタピオカは美味《うま》いね」

優愛が口を離した後に、ストローに口をつけズズッと飲むオタク君。

「そ、そうですね」

そう言いながら、優愛にストローを向ける。

オタク君が一口飲んだら、優愛が一口飲む。

気がつけば謎のルールが出来上がっていた。

あっという間にタピオカの容器は空《から》になった。

(緊張で味が良く分からなかった)

(緊張で味が分かんないし)

この日以降、優愛がタピオカミルクティーを買う機会はめっきり減った。

そのおかげで、彼女の体重の心配はなくなったようだ。

タピオカミルクティーを見ると、この日の出来事を思い出し恥ずかしくなるオタク君。

彼が次にタピオカミルクティーを飲むのは、しばらく先の話である。

第2章

ゴールデンウィーク。

それは日頃の疲れを癒《い》やすための長期休暇。

「今日はアニメを見て、漫画を読んで、ゲームをやって、プラモを作って、ドールのお世話に衣装作成もして……」

だが、多趣味のオタク君に休んでいる暇《ひま》はなかった。

あれもこれもと手を出そうとするオタク君だが、そのままベッドに横たわりスマホをいじり始める。

やる事が多すぎて何から始めるか決まらず、気付けば横になってスマホをいじっているだけで時間が過ぎていく。

「おや？」

そんなオタク君のスマホにメッセージが飛んできた。

『明日暇なら服買いに行かない？』

優愛《ゆあ》からのメッセージだった。

『アタシは良いけど、小田倉《おたくら》はどうする？』

即座にリコから返事が来た。

優愛、リコ、そしてオタク君の三人のグループチャットである。

「服かぁ……」

苦い顔をするオタク君。

というのも、オタク君は服について、ちょっとしたトラウマがある。

それに服を買うとなるとお金がかかる。上下揃《そろ》えるとなると新作のゲームを買うよりも高くつく。

「やめとこうかな」

断ろう。そう思ってグループチャットの画面を開いた。

『ってか、小田倉はオタクを隠すなら普通の服いるんじゃね？』

「むっ、失礼な」

リコのメッセージだが、悪意はない。

ただオタク君がオタクファッションをして、オタクバレしないか心配しているだけだ。

『普通の服くらいありますよ』

『えっ、オタク君の普段着見てみたい！　写真送って！』

「しょうがないなぁ、どうしてもって言うなら見せるか」

ちょっとウキウキしながら着替えを始めるオタク君。

服装でオタクバレしては意味がない。なので、彼は脱オタクファッションをするための服を、それなりに用意していた。

『こんな感じです』

オタク君が写真を送信する。

黒のジャケットに黒のシャツ、黒のズボンを穿《は》いた全身黒ずくめファッション。

そう、脱オタクをしたと勘違いしているオタクファッションである。

『小田倉、明日は妹に服選んでもらってから来いよ』

『ファッションだから好きな服を着れば良いと思うけど、オタクっぽく見られたくないなら、それはちょっとヤバイかな』

当然のダメ出しである。

翌日。

オタク君は駅構内にある大きな時計台まで来ていた。優愛たちとの待ち合わせ場所である。

昨日優愛とリコに送った写真の格好ではなく、薄い小豆色《あずきいろ》のブレザーに濃いこげ茶色のパンツ。オタク君の通っている学校の制服だ。

妹に服選びを頼み、オタク君のタンスを開けたのだが、中は黒一色だった。

妹が悩んだ末に「お兄ちゃん、これ着て行きなよ」と差し出したのは、学校の制服だったのだ。

「オタク君やっほー」

「わりぃ、待たせた」

ほどなくして到着した二人だが、オタク君が制服姿でいる事についてはツッコミを入れない。何も言わない優しさである。

「まずはオタク君の服を買いに行こうか」

「小田倉、予算どんなもん？」

女の子の服選びは時間がかかる。それは彼女たち自身がそれを良く知っている。

なので、まずはオタク君の服を選ぶ事を優先したようだ。

時間がある内にじっくり決めないと、適当な服を選びかねないので。

「とりあえず一万円で揃えられれば良いかなと思ってますが、厳しいですか？」

予算である一万円は、オタク君が趣味で塗装したプラモデルを売ったお金だ。

普段からプラモデルを買って塗装し、ある程度満足したら売ってそのお金でプラモデルを買ってを繰り返している。

オタク君はそこそこの腕を持つので、彼が塗装したプラモデルは物によっては原価の倍近い値段で売れたりする。

「それだけあれば十分じゃないかな」

「変に気取ったりしないで、普通の服を買うだけなら十分だろ」

「普通の服の方がありがたいので、普通の服でお願いします」

いきなり一足飛びでおしゃれをしようとするのは危険である。

この事はオタク君は良く分かっている。

中学時代におしゃれになろうとしたオタク君が選んだ服。

黒をベースに十字架や英語がプリントされチェーンがジャラジャラした服。両足がチェーンで繋《つな》がれたズボン。

極《きわ》めつけに、足元まである黒のロングコート。襟回《えりまわ》りには白い羽根が付いている。

自分の中では最高のおしゃれをしたつもりだが、同級生からはバカにされ、同じオタク仲間からも距離を置かれたほどだ。

「それじゃあ行こっか」

優愛を先頭に、オタク君たちが歩き出す。

たどり着いた先は、ショッピングモールである。ここなら若者向けのファストファッションショップも多い。

「この店が一番無難だと思うけど、どうかな？」

「大丈夫ですよ」

モールの中には店が立ち並ぶが、どのお店が良いのかオタク君は分かっていない。

なので、優愛やリコに完全にお任せ状態で店の中へ入って行く。

「オタク君、ちょっとそこに立って。これとかどうかな？」

「細く見えるのはやめた方が良いんじゃね？　オタクっつうよりガリ勉っぽくなる」

「えー、それじゃあニットとかは？」

「ありだな。それより黒い服が多いから、明るめのデニム選んどけば着回しが出来るんじゃね？」

「それな！　上から羽織《はお》るのも何か買っといた方が良いよね」

「どうせ小田倉の事だから秋も着まわしそうだし、どっちでも行ける色で選ぶか」

オタク君を着せ替え人形に、あれでもないこれでもないと言いながら次々と服を持ってくる優愛とリコ。

「オタク君って、思ったよりもガッシリしてるんだね」

優愛とリコ。普段男物の服を選ぶ事はないため、楽しくなってきているようだ。

「ありがとうございました」

予算よりややオーバー気味ではあるが、オタク君の服は無事買えたようだ。

買ったのは、どれも地味な普通の服である。

だが、そんな普通の服は、オタク君にとってはキラキラして見えた。

オタクっぽくない服、ようやく普通の服が手に入ったのだ。

まぁ、実際のところは優愛とリコが選んだだけあって、女性ウケしやすい服だったりする。

パッと見地味ではあるが、清潔感があり、ちゃんと季節に合わせたコーディネートを決めている。

　どちらかというとおしゃれである。

「それじゃあ次は私たちだね」

「小田倉、お前が選んでくれても良いぞ」

「あっ、それ面白いかも」

　オタク君に選ばせてどんなトンデモファッションが飛び出すか、それをちょっとからかうつもりの発言だった。

「そうですね。リコさんは身長気にしてるならハイヒールのような靴《くつ》を選んで、それに合わせた露出の多めな服装とかどうですか？　こっちなんて大人っぽく見えて良いですよ」

「流石《さすが》にこれは、アタシには似合わないんじゃないか？」

「そんな事ないよ！　リコもこういうの着た方が良いって！」

「逆に鳴海《なるみ》さんは露出が多すぎますよ。肌が白くて綺麗《きれい》な髪をしているので、落ち着いた感じの服を着た方が似合うと思います。たまには派手な服ではなく落ち着いた服とかどうですか？」

「そ、そうかなぁ？」

「これなんてどうです？」

「あっ、これなら良いかも。オタク君めっちゃセンス良いじゃん！」

オタク君のファッションセンスは、男物は散々であったが、女性物を選ぶ腕はあった。

近年ではゲームのキャラメイクがリアルになってきたために、それに合わせて自キャラのファッションのセンスも問われるようになってきたのだ。

女キャラを使っているオタク君は、ゲーム内のファッションスレで勉強をしていたために、リアルでも女性物の服を選ぶセンスは身についていた。

ただの萌え衣装ではなく、誰から見てもセンスが良いと言われるような服を選べるほどに。

他にも、どんな着合わせが良いか調べるために、わざわざドールで衣装を自作して作ったりもしている。

下手をしたら自分たちよりも服選びのセンスがあるオタク君を見て、優愛とリコは内心こう思った。オタク君、女の子だったら良かったのにね、と。

＊＊＊

「この後どうする？」

時刻は午後三時を回ったところだ。

オタク君のアドバイスのおかげか、優愛もリコもすぐに服を買ったために時間が余ったのだ。

「そうですね」

適当にどこかブラブラするには手荷物が多い。

かといって、このまま帰るのはなんだかもったいなく感じる。

「じゃあさ、カラオケ行かない？」

「アタシは良いけど、小田倉は？」

女子高生とのカラオケ。普通のオタクだったら歌の趣味が合わないために避《さ》けたいところである。

「良いですよ。行きましょうか」

だが、二つ返事でＯＫを出すオタク君。

オタク君は普段から妹とカラオケに行く機会があるので、アニソンでも女子ウケする曲をいくつか知っている。

最近では鬼を倒すアニメとか、カルタを題材にしたアニメである。

それに、オタク君も一昔前の曲ならまだ分かる。

流行には合わせられないが、彼女たちでも分かる曲を歌えるので、微妙な空気にはならない自信があった。

なにより。

「ちょっ、オタク君歌うまっ！」

「小田倉マジで声どっから出てるんだよ⁉」

オタク君は歌が上手かった。

優愛やリコも上手いが、そんな二人が驚くほどだ。

画面に表示される歌の点数は満点に近い。それだけではない。

「オタク君、デュエット曲入れたの？」

「はい」

オタク君は女性の声も出す事が出来るのだ。いわゆる両声類《りょうせいるい》だ。

なので妹が嫌がるアニソンのデュエット曲も、一人で歌う事が出来る。

「あ、この曲ならアタシも知ってるし、一緒に歌おうよ」

が、一人デュエットを披露する機会は失われた。

そもそも一緒に歌ってくれる女の子がいないから、自前で出していたのだ。

リコが一緒に歌ってくれるなら、それに越した事はないだろう。

「ごめん、ちょっとトイレ」

優愛が部屋を出ると同時に曲は終わった。

「満点じゃん！」

「満点は僕も初めて見ました」

カラオケの画面には、軽快な音楽と共に百点の数字が表示された。

画面を見てたまらずハイタッチ。

普段見た事もない数字に、リコがスマホで写真に収める。

「凄くない⁉　これ後で優愛に自慢しようよ」

「そうですね！」

思いもよらぬ点数に、興奮を隠せないオタク君。

そんなオタク君を、リコがただじっと見つめていた。

「どうしたんですか？」

「いや、良い点数出せたよな」

「そうですね？」

「ほら、何かあるだろ？」

何かと言われても、何か分からずおろおろするオタク君。

だが自分に頭を向けてくるリコを見て察《さっ》したようだ。

(頭を撫《な》でてくれって事かな？)

本当に撫でて良いのだろうかと葛藤《かっとう》しながら、恐る恐る手を伸ばし、ゆっくりとリコの頭を撫でるオタク君。

「分かってると思うけど、優愛の前では絶対にするなよ」

「あっ、はい」

「まぁ、分かってるなら良いんだ」

このまま続けていれば優愛が帰ってきてしまう。

しかし、やめろと言われないせいでやめ時が分からず、リコの頭を撫で続けるオタク君。

「お待たせー！」

「うおっ！」

「ひゃっ！」

バーンといった感じで扉を開けられ、慌《あわ》てて飛びのくオタク君とリコ。

「どうしたの？」

二人の驚きように、優愛がキョトンとした表情を浮かべる。

そんな風に出てきたら誰でも驚く。普段ならそうツッコむところだが、オタク君とリコは直前までしていた行為のせいで冷静さを欠いている。

「そ、そうだ。優愛、見ろよ。百点出たぞ」

「そうそう。満点ですよ。凄くないですか？」

あからさまに怪しい話題のすり替えである。

「うわっ、マジじゃん！　百点とか初めて見た。ヤバッ！」

そんなあからさまな態度のオタク君とリコに対し、特に疑問を持つ様子がない優愛。

リコのスマホの画面に映った満点の画像を見て驚いている。

「ん？　ってかリコ顔赤くね？　大丈夫？」

「あぁ、トイレ我慢してたからかな。悪いちょっと行って来るわ」

そそくさと、逃げ出すようにリコが部屋から出ていく。

そんなリコが出て行くのを見送ってから、優愛がオタク君に近づく。

「あっ、鳴海さんもデュエットしませんか？」

「それよりさ、さっきリコの頭撫でてたっしょ？」

そう言ってニヤァと小悪魔のような笑みを浮かべる優愛。

優愛が扉を開ける直前まで頭を撫でていたのだ。見られていないわけがない。

実は二人の様子に気付いた優愛は、あえて入らずに中の様子を見ていたりする。

なのであからさまな態度にもあえて触れなかったのだ。

そんな優愛から目を逸《そ》らして誤魔化《ごまか》そうとするオタク君だが、逃がさないと言わんばかりに密着して顔を寄せてくる優愛。

「オタク君はリコだけ頭を撫でるんだ～」

「いや、鳴海さんも言えば撫でますよ」

「本当にぃ？」

「ほ、本当ですよ？」

「じゃあ撫でて」

頭を撫でようにも密着している。

この状態で頭を撫でるには、優愛の背中に腕を回してから撫でるしかない。

流石に正面から頭を撫でるのとは難易度が違う。オタク君のメンタル的な意味でも。

「まだ～？」

このままの状態では、優愛は離れてくれないだろう。

こんなところをリコに見られれば何を言われるか分からない。

この状況を説明したら、リコの頭を撫でていた事を見られていた事まで説明しないといけなくなる。

頭を撫でていた事をバレたと知ればリコは怒るだろう。きっと。

ぎこちない動きで、腕を回し優愛の頭を撫で始めた。

オタク君の手に、優愛のサラサラとした髪の感触が伝わる。

フフーンと満足そうな笑みでオタク君を見つめる優愛。

「オタク君、リコの事はリコって呼ぶのに、私の事は鳴海さんて他人行儀すぎない？」

「それはリコさんがリコって呼んで欲しいと言ったので」

「じゃあ、私も優愛って呼んで欲しいな」

上目づかいでオタク君を見る優愛。

オタク君は顔を真っ赤にしながら目を逸らすが、律儀に頭を撫で続ける。

「えっと、それじゃあ……優愛さん」

「うんうん。オタク君の態度に免《めん》じて、リコの頭を撫でていた事は不問にしてあげよう」

しばらくオタク君に頭を撫でられて満足したのか、優愛がオタク君から離れていく。

(男の人に頭を撫でられたの初めてだけど、確かに嬉《うれ》しいかも。ちょっと恥ずかしいけど)

リコが頭を撫でられているのを見て、頭を撫でられる感覚が気になり、オタク君に頭を撫でて貰《もら》った優愛。

頭を撫でられるのが嬉しいのではなく、撫でてくれたのがオタク君だから嬉しいという事に、彼女はまだ気付いていない。

＊＊＊

『明日プールに行かない？　無料券三枚貰ったからさ』

『良いじゃん。行きたい行きたい！　オタク君は？』

『良いですよ。それでは駅で集合しましょうか』


ゴールデンウィークの真《ま》っ只中《ただなか》。

オタク君たちはプールに来ていた。暖かくなってきたとはいえ、まだプールに入るには寒い時期。なので、来ているのは当然温水プールである。

ここは県内でも最大の温水プールで、普通のプールは勿論《もちろん》の事、波の出るプール、流水プール、更には１００ｍ以上のスライダーまで設置されている。

夏になれば屋外プールも使えるのだが、今の時期は屋内のみだ。それでも十分すぎるほどの広さがあるが。

早速水着に着替えた優愛とリコ。

優愛は上下白のフリルビキニに、スカートの付いた水着を。

リコは黒のベアトップビキニに、黒のショートパンツの水着を着ている。

「あれ、オタク君まだ着替えてないのかな」

更衣室出口の辺りで、周りをキョロキョロと見渡す優愛。

お互い着替え終わったら更衣室の出口で待ち合わせと決めている。だが、オタク君はまだ着替えが終わっていないようだ。

「今日はお姉さんと一緒に来たの？」

「俺たちも丁度二人で暇してたんだよね。良かったらどう？」

そんな彼女たちを男連中がほっとくわけもない。

早速二人組のチャラそうな男たちが声をかけて来た。

色黒に金髪の二人組で、歳《とし》は大学生くらいのチャラ男だ。

「同級生だっつうの」

不愛想《ぶあいそう》に答えるリコだが、男たちは笑顔を崩さない。

(おい、どっちにするよ)

(小さい子も同い年っていうと、最低でも高校生だろ。俺そっち行くわ)

(マジかよ、見た目犯罪な気がするぞ。まぁお前がそれで良いなら俺はもう一人の子に行くから)

男同士肩を組み、こっそりと聞こえないように小声で会話をしているつもりだろうが丸聞こえである。

当然そんな会話を聞けば、リコの機嫌が悪くなっていく。

「悪いけど、待ち合わせしてるから消えてくんない？」

「そんな邪険にしないでよ。もしかして待ち合わせって友達？　じゃあその子もいれて一緒に遊ぼうよ」

「うざっ」

「まぁまぁ、ほら一緒に遊べば楽しくなるって」

なおも馴《な》れ馴《な》れしく近づいてくるチャラ男。

いい加減プールの監視員を呼びに行くか。優愛がそう思った時だった。

「お待たせしました。あれ、知り合いですか？」

オタク君、やっと登場である。

「あっ？　何だテメェ？」

優愛たちには何を言われてもニコニコしてるチャラ男だが、男相手にはいちいち気を使う必要がない。

明らかに敵意むき出しでオタク君を睨《にら》みつける、が。

「……あっ、ツレの方でしたか。ちょっと声をかけただけなので」

「それじゃ、すみませーん」

オタク君を見て、一目散に逃げだした。

彼らがオタク君にビビってしまうのも無理はない、水着姿になったオタク君はムキムキだったからだ。

普段は制服を着ているから、分からないだけで、腹筋が割れた見事な細マッチョである。

「えっと、今の人たちは？」

「ただのナンパだ、気にすんな。ってか小田倉その筋肉なんだよ⁉」

「えっ、オタク君脱いだら凄くない⁉　ヤバッ！」

先ほどのナンパに対し不機嫌になっていたリコ。オタク君が来たら腹いせに文句の一つでも言うつもりだったがその考えは飛んでいた。

ボディビルダーというほどではないが、一目見て分かるほどの見事な細マッチョだ。

というのも、オタク君はアニメの影響を受けやすい。

かつて流行《はや》った筋トレを題材にしたアニメに影響を受け、それ以来ずっと筋トレを続けてきたのだ。

SNSで「筋肉は良いぞ」等と毎日呟《つぶや》き、筋トレの成果を報告しているくらいだ。

今回はプールで水着、つまり筋肉を披露《ひろう》する絶好の機会である。

オタク君は着替えてから更衣室の鏡の前で筋肉を仕上げていた。それ故《ゆえ》に更衣室から出てくるのが遅くなったのだ。

「ねぇねぇオタク君。触っても良い？」

「良いですよ」

優愛がオタク君の胸を触ると、それに合わせてオタク君は筋肉をピクピクさせる。

オタク君の筋肉にテンションが上がった優愛。彼女がオタク君の体を触るたびに、オタク君はその部分に力を入れて動かしていく。

「そうだ。リコさん、ちょっと僕の腕にぶら下がってみてください」

「こ、こうか？」

これはまさかと思いながら、オタク君の腕に摑《つか》まるリコ。

「おおっ、うわっ、すげーすげー‼」

腕にぶら下がったリコをそのまま持ち上げて、腕を上下に動かしたり、更には回ってみたりする。

「小田倉、もっと回れるか⁉」

「勿論です」

「うおっ、あはははは。すげー！」

普段なら子供扱いされると怒るリコだが、思わず楽しくなり凄い凄いと言いながら無邪気に笑っている。

そんなオタク君たちの様子を、ちびっ子たちが羨《うらや》ましそうに見ていた。ちびっ子のお父さんたちは、この後どんなおねだりが来るか想像し、自分の腰と相談を始めている。

「オタク君オタク君、私も！」

そう言って腕にぶら下がろうとする優愛だが、足が地面についてしまう。

「…………」

「…………」

優愛とリコの間に沈黙が走った。

リコがニヤッと優愛に笑いかける。普段は身長が低い事をなじられたりする分、今回は身長が低い事で優位に立ったと言わんばかりに。

「むぅ！」

「そ、それじゃあ行きましょうか」

不穏な空気を感じ取ったオタク君が、話題を変えるためにプールへ向かって歩き出そうとする。

「小田倉。このまま動けるか？」

「ええ、このくらいなら余裕ですよ」

リコをぶら下げた腕を上下させたりしながら歩き出すオタク君。不意に背中に衝撃を感じる。

「えいっ‼」

「うおっ⁉」

オタク君の背中に、優愛が飛び乗って来たのだ。

驚きの声を上げるオタク君だが、突然のしかかられたというのに微動だにしていない。ナイス筋肉である。

「じゃあ私も運んでって」

「えっ、優愛さん、その胸が」

「ん？　胸がなに？」

胸が当たっている。そう言おうとするオタク君だが、優愛は分かってると言わんばかりに小悪魔のような笑顔を向けている。

多分何を言っても退《ひ》いてくれないだろう。諦《あきら》めてそのまま二人を抱え歩き始めるオタク君。

二人を抱えた異様な姿に、周りの注目を集めながらプールへと入って行くオタク君。

オタク君が筋肉を披露しながら、なんだかんだプールを楽しんだ三人だった。

ちなみに優愛とリコには最初のナンパ以来、誰も声をかけてきてはいない。

それなりにモテる彼女たちは、すでに学校で何回も告白されているくらいだ。

そんな彼女たちが何故《なぜ》ナンパにあわないか？

細マッチョの男連れだからである。オタク君は強面《こわもて》ではないとはいえ、傍《はた》から見ると声をかけづらくする程度の威圧は出ているのだ。筋肉から。

図らずも男らしくボディガードの役割を遂行《すいこう》していたオタク君である。

ちなみにモテるのは彼女たちだけではない。

「あの～、ちょっと良いですか？」

「はい。どうしました？」

「その～、筋肉触らせてもらっても良いですか？」

優愛たちと少し離れた隙《すき》に、オタク君は逆ナンされていた。

おっとりとした年上の女性で、オタク君の筋肉を恍惚《こうこつ》の表情で見ている。いわゆる筋肉フェチというやつだろう。

若い細マッチョの男の子が一人でいるのだ、そっちの界隈《かいわい》の人にとっては声をかけない選択肢はないのだろう。

「おーい小田倉、何してんだ？」

「オタク君の知り合い？」

「あっ、お友達と一緒でしたか～、失礼しました～」

女性はそそくさと逃げるようにその場を離れる。

「いえ、筋肉が珍しいから触りたかったみたいです。……ところで二人とも、なんで僕の腕にしがみついてるんですか？」

「別に？」

「何となく？」

オタク君が彼女たちへのナンパを妨害するように、彼女たちもまた、オタク君へのナンパを妨害していた。

閑話［DOKI-DOKI-第2文芸部!］

オタク君の通う学校には、文芸部が二つある。

文芸部と第2文芸部だ。

文学や小説が好きな人種が集まる方が文芸部で、オタク寄りの人種が集まるのが第2文芸部だ。

オタク君は当然、第2文芸部に所属している。オタクなので。

文化部の部室が並ぶ文化棟。その隅《すみ》にある一室が第2文芸部の部室である。

第2文芸部の部室は他の部室よりも狭い。というのも、元は物置小屋として使われていた場所を部室としてあてがわれている。

そんな場所に追いやられている理由は、オタク君を含め部員数が三人しかいないからである。

部員数が少ない理由は、オタク君の学校にオタクが少ないわけではない。

最近になって、漫画研究部なるものができたために、オタク趣味の人たちはそちらへ流れてしまったのだ。

なので第2文芸部に所属しているのは、隠れオタクをしてる人たちだけだ。

オタクだけど、オープンなオタクになりきれない。そんな彼らの拠《よ》り所《どころ》が第2文芸部だった。

狭い部屋には長机が置かれており、少し型落ちしたPCが一台ある程度だ。

そんなPCの前に、オタク君たちはいた。

「フ、フヒ。今週のプニキュアは最高だったでござるな」

椅子に座ってPCを操作している太った男子生徒。

本名は忘れられ、チョバムというあだ名で呼ばれている。

あだ名の由来はちょいデブ→ちょデブ→チョバムらしい。全然上手くない。

「新キャラはギャルでしたな。色黒ギャルなのに優しくて母性がある。大変良きですぞ」

PCの画面に表示された、魔法少女のような衣装を来たアニメキャラを見ながら長身痩《や》せ気味《ぎみ》の男が満足そうに頷《うなず》く。

こちらも本名は忘れられ、エンジンというあだ名で呼ばれている。

あだ名の由来は「萌えのエンジン全開」という理由らしい。意味が分からない。

「拙者《せっしゃ》はギャルに興味がないから、ずっとロリを見てたでござるよ」

「流石《さすが》は兄者《あにじゃ》。発言が余裕でアウトですぞ」

「兄者？　ゲーム実況でござるか？」

「……いや、気にしないでくれ」

どうやら同年代なのにジェネレーションギャップが起こったようだ。エンジンのネタが通じるのはおっさんくらいである。

そもそも、オタク君と同い年のエンジンが何故《なぜ》そのネタを知っているのか。

「小田倉《おたくら》殿は、新キャラについてどう思うでござるか？」

「バブみがあって、かなり良いね」

「流石、小田倉氏はわかっていますな！」

「そうでござるか。拙者はオギャルなら、ロリキャラをママにしてオギャリたいでござる」

物凄くくだらない会話である。

だが、彼らにとっては至福のひと時であり、青春の一ページである。

普段クラスメイトがいる教室では、絶対にできない会話だ。

その後もアニメやゲームの話題で盛り上がるオタク君たち。

ここは彼らの聖域《サンクチュアリ》。

そんな聖域の扉が、唐突《とうとつ》に開かれる。

「あっ、オタク君ここにいたんだ」

バーンといった感じで扉が開かれ、思わず三人ともビクついてしまう。

開かれた扉の先にいたのは、優愛《ゆあ》だった。

「オタク君。ちょっと良いかな？」

「「はい？」」

優愛の「オタク君」に対し、三人が同時に返事をする。

優愛はオタク君を呼んだだけなのだが、チョバムもエンジンもオタクなので、自分が呼ばれたと勘違いしたのだ。

「ちょっ、なんで三人で返事してるの。ウケる」

その様子が面白かったのか、優愛がケラケラと笑う。

「優愛さん、どうしたんですか？」

「あっそうだ。オタク君、ごめん、ちょっとお願いがあるから来てくれる？」

「えっと、何ですか？」

「良いから早く」

部室にズケズケと入ってきて、優愛がオタク君の手を引く。

「おーい優愛。まだか？」

来ていたのは優愛だけでなく、リコもいたようだ。

リコが部室の中を覗《のぞ》くと、優愛に手を引かれ、オタク君が困惑《こんわく》の表情を浮かべているのが見えた。

「あー……悪い、小田倉借りてって良いか？」

「どーぞでござる」

「ありがと。ほら行くよ」

「あっ、うん。それじゃあチョバム、エンジンまた明日」

優愛とリコに連れられ、オタク君が部室から出ていく。

彼らを見送り、足音が遠ざかったのを見計らい、チョバムとエンジンはお互いに顔を見合わせて頷いた。

「み、見たでござるか？」

「オタクに優しいギャルが、存在しただと⁉」

二人はその場でゴロゴロと転がりながら、欲望を吐きだし始めた。

先ほどまで一緒にオタク会話をしていた友人が、突然ギャルに手を引かれたのだ。

「羨《うらや》ましいですぞ‼　小田倉氏が羨ましいですぞ‼」

「拙者もあんな風に手を握ってもらいたいでござる‼」

もし優愛たちが普通のギャルなら、彼らもここまで羨ましがる事はなかっただろう。

優愛とリコのメイクはオタク君が手伝っている。男のオタク君がメイクを手伝うわけだから、男ウケが良くなる。

更に言えば、オタクがメイクを手伝ったのだ。オタクにはもっとウケる。

なので彼らには物凄く刺さったのだ。

「拙者、ロリギャルと会話して、お礼まで言われちゃったでござる！　これは拙者に脈《みゃく》ありではござらぬか！」

「あるあ……ねーよ‼」

しばらく悶絶《もんぜつ》した後に、落ち着きを取り戻したチョバムとエンジン。

彼らは制服についた埃《ほこり》を払いながら立ち上がる。賢者タイムである。

「エンジン殿。この想い、ぶつけるしかないでござる」

「そうですな。某《それがし》も手伝いますぞ」

チョバムとエンジン。後に彼らは「オタク君に優しいギャル」という同人誌を出し、一世を風靡《ふうび》する事になる。

内容があまりにリアルで「まるで本当にオタクに優しいギャルを見てきたようだ」と騒がれ話題になるが、それはまた別の話である。

第3章

ゴールデンウィークも終わった五月。

学生にとって一つの山場が始まる。そう中間試験である。

オタク君の通う学校は、服装や校風が割と自由だ。

金髪に染めようが、スカートを短くしようが、なんなら私服を着ていても基本咎《とが》められる事はない。

だが、そのためには守らねばならないルールがある。

成績不振者でない事。つまり試験で赤点を取るなという事だ。

赤点を取ろうものなら、制服もきちんとするように指示され、髪色だって元に戻すように指導される。もし従《したが》わなければ、それ相応の処分が下される。

自由な服装や髪型は保護者にはあまり評判は良くないが、この自由な校風に憧《あこが》れて入学を希望する生徒は多い。

そのおかげで倍率は上がり、年々偏差値《へんさち》も上がっている。

教員に関しても、生徒と同様に服装や髪型の自由を与えられている分、それ相応の能力を求められている。

華やかな見た目とは裏腹に、生徒も教師も、自由のために必死なのである。

だが、それでも自由に甘え、堕落《だらく》してしまう者も少なくはない。

「オタク君、勉強教えて‼」

鳴海優愛《なるみゆあ》も、そんな堕落をしてしまった一人である。

試験期間中なので部活動は禁止されているため、授業が終わり帰宅準備をしているオタク君。

優愛は彼の元へ素早く近づき、頭を下げた。

「勉強教えてって、小テストの結果そんなに悪かったのですか？」

試験が近くなると、どの授業でも小テストが行われる。赤点予備軍を教員があらかじめマークするためだ。

小テストの結果によって、今の自分がどの位置にいるか分かるため、サボっていた生徒のケツに火をつける効果もある。

「自慢じゃないけど、大体が赤点だった！」

「えっ、ヤバくね⁉」

自慢じゃないけどと言いながら、自慢げに赤点の答案を見せる優愛。

オタク君が点数を見て思わずギャル口調になってしまう。優愛のテストの点数はヤバイなんて話ではなかった。

赤点どころか、赤点の更に半分以下、いわゆる青点だったのだ。

鳴海優愛は別に地頭が悪いわけではない。

見た目はギャルだが、中学時代にはそれなりに勉強も出来て、成績も良い方だった。

では、何故《なぜ》ここまで堕落してしまったのか？

オタク君が原因である。

オタク君がオタク技術を使い、付け爪、ヘアスタイルのセット、メイク、最近では髪飾りなどのワンポイントまで作ってくれてたりする。

新しいものが好きな優愛は、オタク君が用意するたびに、楽しみで夜も眠れず授業中に寝てしまうのだ。

せめてノートだけでも取っていれば何とかなっただろうが、寝ているのでノートすら取っていない。

友達は皆必死なせいで頼めず、オタク君に泣きつく事になったのだ。

「このままだと私、マジヤバイよね」

優愛はいつもの調子でヘラヘラと笑いながら喋《しゃべ》っているが、目の端《はし》には涙が溜まっている。

今自分がどれくらいヤバイか分かっている。だからもう笑うしかないのだ。

そんな二人の様子を尻目に、クラスメイトたちはそそくさと帰っていく。

誰にでも仲良く接する事ができる優愛は、ムードメーカー的存在で誰からも好かれている。

しかし優愛を可哀《かわい》そうとは思うが、誰もが自分の事でいっぱいいっぱいなのだ。クラスメイトたちは見て見ぬふりをするしか出来ない。

「そうですね。それじゃあ、この後どこかで勉強しましょうか」

普段から真面目に勉強しているオタク君。

小テストの結果も問題なく、優愛に勉強を教えるのに時間を割《さ》いても問題ないくらいだ。

なので優愛の勉強を教えるくらいお安い御用だった。

それに、優愛と話すようになってから、優愛つながりでクラスメイトとも話す事が増えた。なので、内心優愛には感謝していた。

「マジで！」

「はい、マジです」

「ううう。オタク君ありがとぅ」

喜びのあまりガチで泣き出す優愛。周りから見るとオタク君が優愛を泣かせているようにも見える。

こんなところを誰かに見られたらと思い、思わずキョロキョロとたじろぐオタク君。

「と、図書室とかは勉強する人たちで席は埋《う》まってそうだし。どこに行きましょうか」

優愛の気を紛《まぎ》らわすために、あえて話題を変えようとする。

「それなら私の家に来てよ！」

「そうですね。優愛さんが良いなら、優愛さんの家で勉強しましょうか」

女の子の「家に来て」を即答で「行く」と言えるオタク君。中々にプレイボーイである。

「えへへ。やっぱりオタク君は頼りになるね」

喜びのハグ。避《さ》けようにも座っている状態のオタク君は避ける事はできず、そのまま優愛に抱きしめられる。

立っている優愛が座っているオタク君に抱き着けば、当然オタク君の顔には優愛の柔らかい二つの山が当たる。

反応に困るオタク君だが、優愛は更に力を入れて「ありがとう」を連呼している。

多分お礼を言いたいのはオタク君の方だろう。

「……お前ら何やってんの？」

優愛と一緒に帰るために教室へ呼びに来たリコが来るまで、優愛のハグは続いた。

「ふぅん。優愛の家で勉強会ね」

「うん。リコも一緒に来る？」

「目の前でイチャイチャしないなら行くけど」

「ちょっ、イチャイチャなんてしてないし！」

イチャイチャとは先ほどのハグの事だろう。どうみてもイチャイチャである。

「優愛の家に行くのは良いけど、小田倉《おたくら》はいつまで座ってるんだ？」

リコがそう話しかけるが、今のオタク君は立ち上がりたくても立てる状況ではない。

「えっと……あっ、優愛さんのノート見せてください。ちゃんとノートを取ってない所をメモして、職員室で僕のノートをコピーしますから」

そそくさと自分のノートを取り出し、優愛のノートと自分のノートを見比べコピーする場所をメモしていくオタク君。

メモが終わる頃には、彼も落ち着き立ち上がれるようになっていた。

「……ムッツリ」

「ん？　リコ何か言った？」

「別に」

優愛は聞き取れなかったようだが、オタク君の耳にはしっかり聞こえていたようだ。

オタク君は必死に愛想笑いを浮かべながら、職員室へと向かって行った。

＊＊＊

土曜日の朝から、オタク君は優愛の家へ足を運んでいた。

残念ながらお家デートなどという可愛《かわい》いものではない。勉強のためである。

平日の放課後は毎日優愛に勉強を教えているが、それだけではテストに間に合いそうにない。なので、土日も勉強漬けである。

　優愛の家のチャイムを鳴らすと、すぐに扉が開かれた。

「オタク君おはー。リコはもう来てるよ」

「そうですか。それでは早速始めましょう」

　少々不愛想に感じるが、オタク君は気を緩《ゆる》めるとすぐに優愛を甘やかしてしまう。

『ねぇオタク君、休憩しよ？』

　そんな優愛の甘えた声に、何度彼が屈《くっ》した事か。

　なので、少しでも勉強を捗《はかど》らせるために、必死に自分を律しているのだ。

　全ては優愛のテストのために。

「お邪魔します」

「どうぞ、オタク君荷物多くね？」

「はい、今日のために色々持ってきました」

　オタク君の秘密道具である。

「ちょっと冷蔵庫お借りしますね」

　そう言ってカバンから荷物を取り出し冷蔵庫に入れるオタク君。

　中身を優愛に見られバレバレだが、秘密道具である。

「おっす小田倉」

「リコさんおはようございます」

どうやらオタク君が来る前から、ちゃんと勉強をしていたようだ。

机の上にはリコと優愛のノートや参考書が置いてある。

参考書には、蛍光《けいこう》ペンで重要な箇所にいくつもマークしているようだ。

「どれどれ」

オタク君がマークされた箇所を確認する。

ちゃんと重要な場所がマークされているようで、満足そうに頷《うなず》く。

「そういえば、優愛さんのご両親って今日もいないんですか?」

「うん。相変わらず出張だからね」

「そうですか」

最近は優愛の家に来る事が多くなったオタク君。

だが、いまだに優愛の両親とは会っていない。会ったところで何を話せばいいか分からないので、いない方が助かるといえば助かるオタク君だが、両親がいない事を良い事に、何度も勝手に上がりこむのもどうかと少し思うところがあった。

もし会う機会があれば挨拶《あいさつ》くらいはしようと思っていたのだが、今回も会えないようだ。

「オタク君、まずはどれからやる?」

「今日はちょっと趣向《しゅこう》を変えましょう。今から基礎《きそ》をやっても月曜のテストには間に合わないので、ヤマを張った部分を覚えて貰《もら》います」

「おぉ、良いね！　いっそ毎回それで行こうよ！」

「それはダメです。今回はどうしようもないので、対症療法としてヤマを張るだけです。次回からはちゃんとやってください」

「えー、ケチー」

「ケチじゃないですよ。もしヤマが外れれば赤点を取った上に、基礎が出来てない状態で次回以降のテストで点数を取り返さないといけないんですよ。そんなの無理なので確実に留年しますよ」

「むむっ」

今回は最初のテストなだけあって、テストに出る範囲は狭くヤマは張りやすい。

だが、次回以降になれば当然範囲は広くなり、ヤマを張るだけでも膨大《ぼうだい》な量になってくるだろう。なので今回限りなのだ。

そう説明するオタク君に何か言い返そうとするが、上手い返しが思いつかない優愛。

そんな優愛にリコが話しかける。

「優愛」

「ん？　どうしたリコ？」

「リコ先輩と呼びなさい」

「ムキー！　やるし！　ちゃんとやって進級するし！」

「学年が違っても、アタシたち友達だよ？」

「だから留年しないし！　オタク君からも何か言ってやってよ！」

「小田倉先輩と呼んでください」

珍しくオタク君が優愛をいじる。

机をバンバンと叩きながら優愛が抗議を示すが話にならず。

「来年は小田倉と一緒のクラスになると良いな」

「そうですね。一緒に進級して同じクラスになりましょう」

「あーもう、良いから早く勉強！　勉強するよ！」

ここで言い合っても、一方的に言い負かされるだけと判断し、優愛は勉強する事を選択したようだ。

優愛がやる気を出してくれた事にほっとし、頰《ほお》を緩ませるオタク君。

「それで、どれからやるの？」

「まずは歴史ですね。年号を語呂《ごろ》合《あ》わせで覚えていきましょうか」

「語呂合わせって、良い国作ろうとかのあれ？」

「そうですね。それと今は良い箱作ろうですよ」

地域によっては一一九二年と言われたりするが、今は一一八五年になっているため、良い箱なのだ。

「覚えづらい物は無視して構いませんので、覚えやすい物だけまずは覚えてください」

オタク君が次々と年号の語呂合わせを言って、それを優愛にノートに書かせながら復唱させる。目と耳と口で覚えさせる作戦だ。

実際に作戦が上手く行ったのか、それとも優愛の地頭の良さか、次々と年号を暗記していく。

「ってか全員漢字難しすぎない？　何で昔の人は簡単な名前にしようと思わなかったのさ⁉」

偉人の名前に文句を言うのは良いが、優愛や瑠璃子《るりこ》も簡単な部類ではない。お互い様だ。

「漢字が分からなくても、最悪ひらがなで書けば△で点数は貰えるので大丈夫ですよ」

「えー、でもそれ私がバカっぽく思われない？」

授業中寝ていたせいで、こんな事態を引き起こしたバカはどこのどいつだ。

リコもオタク君も、喉《のど》まで出かけたその言葉を必死に飲み込む。

そのまま勉強を続け、時刻は昼過ぎの三時。

「ぐぅ～」

誰かが寝ているわけではない、腹の音である。

「ちょ、なんで二人して私を見るわけ？」

実際に自分のお腹《なか》の音と分かってはいるが、彼女の中の自尊心がそれを許さない。

必死に違うアピールをしているが、なおも優愛のお腹からは可愛らしい音が鳴り続けている。

「それじゃあ、ちょっと休憩にしましょうか。台所借りますね」

「お昼ご飯ならさっき食べたから大丈夫だって。ホントホント」

「いえ、三時のおやつにしようと思いまして。勉強をしているとどうしても脳の糖分が足りなくなるので」

「そ、そうなの？」

「はい。おやつを食べた方が効率が良いですよ」

「私的にはどっちでも良いんだけど、オタク君がそこまで言うならおやつにしようか？ねぇリコ？」

「アタシはお腹鳴らしてないけど、おやつには賛成かな」

リコに抗議をする優愛に苦笑いを浮かべ、オタク君が台所に入って行く。

包丁で何かを切っている音が聞こえてくる。

「えっ、ってかオタク君が作るの？　だったら私も手伝うよ？」

「大丈夫ですよ。すぐ出来るので待っててください」

「うーん。じゃあお言葉に甘えて。疲れた〜」

その場で伸びをする優愛。体のいたる所からパキパキと小気味のいい音がする。

リコも少し疲れたのか、隣で足を開いて大の字になって寝そべる。

「二人とも行儀が悪いですよ」

「えっ？　もう出来たの？　はやっ！」

「ちょっ、小田倉来るなら先に言え。み、見てないよな？」

「何をですか？」

まるで私何も知りませんと言わんばかりのオタク君だが、リコのパンツはばっちり見えていた。

優愛と違い、リコは恥じらいがあるので、見えた事はあえて言わないオタク君。紳士である。

「本当に見てないんだよな？」

そんな態度のリコだが、オタク君の持ってきたおやつを見て、目を輝かせた。

優愛も同じく目を輝かせている。

「うっわ、なにこれ！　めっちゃ綺麗《きれい》でキラキラしてるんだけど⁉」

「凄いけど。小田倉これ食っても大丈夫な奴なのか？　毒とかじゃないか？」

優愛もリコもスマホで写真をパシャパシャと撮りながら、キレイキレイと呟《つぶや》いている。

オタク君が作ったのは、いわゆるフルーツポンチだ。

パフェなどで使う容器にサクランボ、ミカン、桃、パイナップル、バナナが入っている。

更に量を多くするために、ジュースを少量加えて色付けした寒天を混ぜてある。

そして、極《きわ》めつきは少量の食用金粉《きんぷん》である。

容器を満たしたシロップの中で、金粉がゆらゆらしながら黄金の輝きを放っている。とても映《ば》える出来である。

「はい、食用なので何も問題ないですよ」

「凄い！　オタク君これ食べるの勿体《もったい》ないくらい綺麗だよ！」

「小田倉お前、これ高くないのか？」

「いえ、二人分で四百円もしませんよ？」

オタク君が今日持ち込んだ食材は、フルーツポンチ缶一つに、バナナ一本、ついでに寒天である。

食材にカウントするか怪しいが、金粉は一瓶五百円くらいで売っている物を少量持ってきている。

ちなみにこの料理は、一時期オタク君が料理漫画にハマった際に考案したものだ。妹に出すと好評なので、自信作だったりする。

「カロリーも一人前で100ちょっとなので、タピオカの1／3くらいですから安心してください」

量が多いように見えるが、逆三角形の容器なので実はたいして多くはない。見た目で楽しませ、沢山食べたように錯覚《さっかく》させる事で十分な満足感を与えられる一品だ。

「凄い、綺麗、美味《おい》しい」

「これは、また食べたいな」

二人が一口ごとに感想を言ってくれるので、オタク君も満更《まんざら》でもない笑みを浮かべる。

そんなオタク君の様子に、リコが気付いた。

「そういや、小田倉は食べないのか？」

「僕は勉強するわけじゃないから、そんなに糖分を必要としないので」

本当は持ってきたパフェ容器が家に二つしかなかったからである。

リコがスプーンで一口分をすくってオタク君に差し出す。

「ん！」

「えっと……」

「ほら、小田倉も食べる。あーんして！」

「でも」

「小田倉だけ食べてないと、アタシが食べづらいんだ」

「そ、そうですか。それではお言葉に甘えて」

パクッと一口食べるオタク君。

そんな二人の様子を、優愛は顔を赤くして見ている。

「ちょ、ちょっと。二人ともそれ間接キスじゃん」

「間接キス？　別に小学生でもないんだし気にしないだろ？」

「そ、それはそうだけどさ」

なおも口をパクパクさせ、何か言いたそうな優愛。

（もしかして、優愛は間接キスを恥ずかしがっているのか？）

一瞬リコの脳裏にそんな考えが浮かぶが、即座にかき消された。

（普段からブラやパンツが見えそうなきわどい格好をしてる優愛が、今更そんな事で恥ずかしがるわけないか）

実際は間接キスで恥ずかしがっているのだ。優愛は初心《うぶ》なので。

気にせずオタク君へ食べさせる事を再開するリコ。

ちなみにオタク君も顔を赤くしているが、リコは気にした様子はない。

「むむっ……」

そんな二人の様子を見て、優愛もオタク君の隣へ移動する。

「どうしたんですか？」

「あーん」

「えっ？」

「オタク君、私のも食べて。あーん！　それとも私が口つけたのは汚くて食べられない？」

「そ、そんな事ないですよ！」

オタク君にスプーンを差し出す優愛。ブルブルと震えてまるで珍獣に餌《えさ》をやる職員の様だ。震えるスプーンから零《こぼ》れないようにと、注意しながら食べるオタク君。

「ほら、小田倉、今度はこっちだ」

「あっ、はい」

パクッ。

オタク君、両手に花である。

「食べ終わりましたし、勉強再開しましょうか！」

「そ、そうだね！　次は何やろうか！」

気が付けば、リコと優愛はオタク君に肩が触れ合うほどに近づいていた。

近づいた理由は単純に食べさせやすいようにだが、勉強を再開しても二人がオタク君から離れる様子はない。

オタク君と優愛は間接キスを忘れようと、必死に勉強に打ち込み、そのかいあってか、優愛が赤点を取る事はなかった。

＊＊＊

「オタク君。見て見て。全教科赤点じゃなかったよ！」

「おぉ、よく頑張りましたね」

鼻息を荒くしながら、オタク君に返却されたテスト用紙を見せる優愛。

どれも平均点には達しないものの、赤点とは程遠い点数だ。

「凄いでしょ！」

「はい。そうだ優愛さん、今週は土曜日空《あ》いていますか？」

「何々？　ご褒美？　空いてる空いてる、めっちゃ空いてるし」

「それは良かったです。それでは僕の家で勉強をしましょうか」

優愛の思わず綻《ほころ》ばせた頬が、一瞬で硬直した。

対してオタク君はニコニコと笑顔だ。

「今回はあくまでヤマを張ったにすぎません。基礎が出来ていないのだからちゃんと覚えないといけないですよ」

「えっと、やっぱり土曜日はあれかもしれない」

「期末は助けられなくなりますけど、良いですか？」

「むう……分かった」

渋々といった様子だが、優愛は別に嫌がっているわけではない。

なんだかんだで嬉《うれ》しかったりする。それを素直に言うのは、何故か恥ずかしいと思ってしまっただけで。

「家の人は大丈夫？」

「両親は旅行で、妹は友達の家にお泊りなので大丈夫ですよ」

家人のいない家に女の子を誘い込むオタク君。中々のプレイボーイである。

「了解！」

「それじゃ、僕は今日は帰るので、さよなら」

「ばいばい」

放課後の部活に寄らず、まっすぐ帰るオタク君。

家に女の子を呼ぶには、準備が色々必要なのだ。

スケベな準備ではなく、部屋の片づけ的な意味で。

「あっ、そうだ」

何かを思いついた優愛。教室を出て行きついた先は、第2文芸部の部室である。

「ごめーん、ちょっと良いかな」

ノックもなしに扉を開ける。

「ヒィアアアアア」

思わず椅子から転げ落ちるチョバム。

「で、出たでござる！」

「ちょっと、そのリアクション酷《ひど》くない？」

「か、軽い冗談でござるよ」

「鳴海氏は冗談が分からないですな」

そう言ってチョバムとエンジンがアッハッハと笑う。

笑いながらこっそりとパソコンの画面も消していた。見られたら困るような物を見ていたのだろう。

「今日は小田倉殿はいないでござるよ？」

「うん。オタク君ならもう帰ったよ。実は二人に相談があって来たんだけど」

優愛がオタク君と言うと、チョバムとエンジンが少しにやけた。

オタク君という単語を自分に投影しているのだろう。実際はオタク君に向けられてる言葉だが。

「拙者《せっしゃ》たちにでござるか？」

「まぁ聞くだけなら聞きますぞ」

「実はさ……」

＊＊＊

土曜日。

オタク君の両親は朝早くから家を出て、妹もすでにお泊りのために友達の家に行っている。

誰もいなくなった家で、オタク君はクマのように徘徊《はいかい》していた。

変な物は置いていないか、トイレはちゃんと掃除をしたか、部屋にある見られたらヤバイものはちゃんと隠せたか。

何度も同じところをぐるぐるしては、確認をしての繰り返しだ。

勉強を教えると言っていたオタク君だが、今更になって誰もいない家に女の子を呼ぶという事の重大さに気付いたのだ。

（どうせ僕みたいなオタク、優愛さんの眼中にはないし！）

そうやって自分を卑下《ひげ》してみるが、それでも期待が高まってしまうのが男というもの。

不意にチャイムの音が鳴った。

オタク君は気を落ち着かせるために、一度大きく深呼吸をしてから玄関のドアを開けた。

「オタク君やっほー」

玄関には、私服姿の優愛がいた。

やや丈の短いTシャツにデニムの短パン姿である。

「あっ、おはようございます」

「おじゃましまーす」

オタク君がどうぞと言う前に、家の中に入って行く。

既に家の中は片づけた後、優愛の様子に怯《ひる》む事なくオタク君はついて行く。

本来はオタク君の家なのだから、オタク君が前を歩いて案内するところだが。

「オタク君、着替えるからどっか部屋借りられる？」

優愛の手には、お泊りでもするのかといわんばかりに膨《ふく》れ上《あ》がったボストンバッグがあった。

何故着替えるのだろうかと思うオタク君だが、今の肌の面積が多い格好で勉強をされても集中が出来ない。

それなら着替えて貰った方がありがたいと思い、洗面所へ案内した。

「そだ。オタク君ちょっと玄関の外にいてくれる？　準備が出来たら呼ぶから？」

「えっ、準備って？」

「良いから良いから。ねっ？」

自分が覗《のぞ》く可能性があるから、玄関の外に出て欲しいのだろう。

そんな風に考えてオタク君は外に出た。

「オタク君入って良いよー」

しばらくして、優愛の声が聞こえた。

オタク君はドアに手をかけて、家の中に入る。

「お帰りなさいませご主人様、イェーイ」

玄関の先には、何故かメイド服を着た優愛がギャルピースをして立っていた。

どうだといわんばかりのドヤ顔をして。

「えっ？」

「どうよ！」

「ごめん、ちょっと分からない」

「えっ、これメイドでしょ？」

「あっ、はいメイドですね」

オタク君が言った「分からない」はメイドの事ではなく、何故優愛がメイド服を着ているのかという事である。

なおもドヤ顔でポーズを取るが、どれもメイドからはかけ離れているギャルポーズだ。

「誰の入れ知恵ですか？」

「チョバム君とエンジン君だよ。オタク君にお礼したいって相談したら、メイドが良いよって教えてくれて、この服も貸してくれたの」

「えっ、なんであいつらメイド服持ってるの？」

「それ私も思った」

彼ら曰《いわ》く。オタクたるもの、メイド服の一着くらいは備えてあるものだと。

「だから、今日オタク君に勉強教えてもらう合間、私がメイドやるって事でどうよ」

「どうよって言われましても……」

返答に困るオタク君。

優愛の着ているメイド服はミニスカートに胸元を強調するような代物《しろもの》で、少々性的だ。

本来メイド服は、ご主人様を発情させないための服だったのだが、これでは全く逆効果である。

「やめとく？」

「いいえ、それじゃあよろしくお願いします」

このオタク君、ノリノリである。

優愛を悲しませないためとか、チョバムとエンジンには困らされたものだとか必死に考えているが、なんだかんだでメイドが好きなのだ。

オタク君の性癖の一つである。

「オッケー任せて。チョバム君とエンジン君にはメイドの作法が分かるゲーム貸してもらったから、バッチリよ」

「メイドの作法が分かるゲームですか？」

物凄く嫌な予感のするオタク君。だがその予感は、的中してしまうのである。

「お仕置きメイド3ってやつ！」

「お仕置きメイド3……」

正式名称「ご主人様大好きメイドはいつも失敗ばかり、お仕置きメイド3」である。

当然、メイドが好きなオタク君は内容を知っている。

「それって、背中のマッサージをしたり、水着で背中を流したりする奴ですか？」

「そうそう。オタク君も知ってるんだ！」

(なるほど、それなら全年齢対象版だ)

何故未成年のオタク君がR18版との差分を知っているのかは、この際置いておこう。

どうやらチョバムとエンジンにも、最低限の理性はあったようだ。

「それで、オタク君がどうしてもって言うなら、その、お風呂で背中を流しても」

恥ずかしそうにボソボソと言う優愛だが、オタク君の耳には入っていない。

彼の頭の中では、変なシーンがなかったか確認中なのだ。

一通り脳内再生し、問題ない事を確認したオタク君。

「さてと、それじゃあ勉強を始めましょうか」

「あ、うん」

オタク君、見事な鈍感《どんかん》プレイで優愛のフラグをへし折っていく。

その日はスケベな事など何もなく、オタク君は暗くなる前に優愛を家に帰した。

＊＊＊

後日。

「に、二度もぶったでござるな！」

「親父にも殴《なぐ》られた事がないのにですぞ！」

「殴って何が悪い！」

どこかで聞いた事のあるセリフである。

「流石に悪ノリがすぎる。優愛さん本当にメイド服着て来たんだからな」

「えっ、マジで？」

「流石《さすが》に引いて小田倉殿の家に行かないと思ったでござるが」

「まだお仕置きが足りないようだな」

「待ったですぞ。つまり鳴海氏はゲームのような行為を小田倉氏にしたという事ですか⁉」

「えっ、いやぁ、その」

「吐くでござる。小田倉殿吐くでござる」

「いやぁ、なんかあったっていうか」

優愛がメイド服を着ただけで特に何もなかった。

だが、オタク君もお年頃である。話を少しだけ誇張《こちょう》しながら自慢げに話す。

その得意げな表情が、チョバムとエンジンの怒りに火をつけた。

「チョバム、いきなり羽交《はが》い絞《じ》めしてなんだよ！」

「そんな小田倉氏、修正してやるですぞ！」

「一方的に惚気《のろけ》られるウザさと苦しみを教えてやるでござる」

しばらく暴れた後、彼らはメイドに属性を付け足すならどれが好きか熱く語りあった。

閑話［DOKIDOKI第2文芸部＋!］

第2文芸部。

オタク君が用事で帰り、部室でチョバムとエンジンが、PCの前でいつものように他愛のないオタク会話をしている時だった。

ガラガラと控《ひか》えめな感じに扉が開かれる。

今日も優愛《ゆあ》かリコが来たのかと身構えるチョバムとエンジンだが、扉の先にいた人物はいつもと違う。

おっとりとした佇《たたず》まいの少女だった。バッジの校章からチョバムたちと同じ学年である事が窺《うかが》える。

制服を綺麗《きれい》に着こなし、腰まである漆黒《しっこく》の髪は一本に束《たば》ねられている。

(委員長だ！)

彼らは同時に彼女が委員長だと感じ取った。

別に彼らのクラス委員をしているわけではない。少女の雰囲気《ふんいき》が委員長なのだ。

「あの、少しお話よろしいでしょうか？」

物腰の柔らかい喋《しゃべ》り方《かた》。見た目だけでなく中身も完璧な委員長である。

ギャルにはめっぽう弱いオタクだが、相手が委員長なら緊張する必要はない。

彼らは警戒を解いた。

「どうしたでござるか？」

「入部希望か見学希望ですかな？　一応言っておきますが、ここは第2文芸部ですぞ」

稀《まれ》に文芸部と勘違いして、第2文芸部に来る人はいる。

大抵はそのまま文芸部に行ってしまうのだが。

「いえ、ここであっているので大丈夫ですよ」

そう言って少女がニコリと微笑《ほほえ》む。

チョバムとエンジンも、ニコリと鼻の下を伸ばして微笑み返した。

「それでご用は何でござるか？」

「はい。実は小田倉《おたくら》君の性癖を教えて欲しくて……」

「……はぁ⁉」

「ですから、小田倉君の性癖です。好きなゲームやアニメの女の子を教えてもらえますか？」

唐突に性癖を教えろと言い出す少女。

二人は解いた警戒を、一気に最大レベルまで引き上げる。

彼らの第六感《シックスセンス》が言っている。コイツはヤバイと。

オタク君の性癖を暴《あば》き、クラスで晒《さら》し者《もの》にするつもりなのか。

それとも、隠れオタをしてるオタク君への脅《おど》しに使うつもりなのか。

どちらかは分からないが、彼らに仲間を売るという選択肢はない。

「いやぁ、あっはっは。サッパリでござるな」

「小田倉氏の性癖をと言われましても、皆目見当もつきませぬぞ」

顔を見合わせて笑うチョバムとエンジンの元へ、少女が近づく。

「私は小田倉君と仲良くしたいんです。分かりますか？」

少女の瞳《ひとみ》からハイライトが消えていく。

あっ、こいつソッチ系のヤバイ奴だと理解し、二人は蛇《へび》に睨《にら》まれたカエルの如《ごと》く冷や汗を噴き出し始める。

「あっ、こんな所に偶然小田倉殿のフォルダがあったでござるよ」

耐えきれなくなったチョバムが、ＰＣを操作しオタク君用のフォルダを開いていく。

フォルダの中は、アニメキャラの画像だらけである。

「見せて」

「は、はい！」

チョバムがピョーンと椅子から飛《と》び退《の》くと、少女が椅子に座ってフォルダの画像をあさり始める。

「ピンクの髪の女の子が多いんですね」

「そ、そうですな。小田倉氏は基本ピンク髪が好きと言ってたですぞ」

「他には？」

「えっ？」

「だから、他には？」

「ヒィ」

思わず悲鳴を上げるエンジン。

素直に教えれば満足して帰ると思いきや、まだ情報を求めてくるのだ。

「そ、そう言えば最近はギャルを二人連れてるのをよく見るでござる」

「それは知ってるわ！」

どうやら地雷を踏んだようだ。

先ほどまで大人しかった少女が、声を張り上げた。

「ヒイイイイイ」

その豹変《ひょうへん》っぷりに、エンジンに続き、チョバムも悲鳴を上げ始めた。

「良いから隠さないで早く教えて」

「あ、あれですぞ。地雷系メイクというのにハマってると言ってましたですぞ」

「地雷系メイク？」

少女がパソコンで検索すると、地雷系メイクの画像が次々と表示される。

ちなみにオタク君が地雷系メイクにハマっているのではなく、優愛たちがやってみたいと言っていたので少し調べていただけだ。

「そっか、小田倉君はこういう子が好きなんだ」

少女はUSBメモリを取り出すと、オタク君用のフォルダと地雷系メイクの画像を保存していく。

「……今日はこれで帰るから、次回までに小田倉君の事もっと調べておいてくださいね」

「「は、はい」」

ギャルとはまた違う圧を放つ少女は、そのまま来た時と同じように控えめな感じで扉を開けた。

振り返る事なく部室を出て、また控えめな感じで扉が閉まる。

「何見てるんですか？」

「ヒィ」

いなくなったか確認をしようとしたチョバムとエンジンは、扉の窓越しに少女と目が合った。

思わずその場で尻もちをついた二人に目もくれず、静かな足音を立てて少女は去って行く。

「み、見たでござるか？」

「ヤバイヤバイヤバイですぞ」

「拙者、小田倉殿と代わりたい羨《うらや》ましいと思っていたが、間違いだったでござる！」

「分かる。分かりますぞ！」

しばらく震えた後に、やっと落ち着いたチョバムとエンジンは、制服についた埃《ほこり》を払いながら立ち上がる。

賢者タイムである。

「エンジン殿。この想い、ぶつけるしかないでござる」

「そうですな。某《それがし》も手伝いますぞ」

チョバムとエンジン。後に彼らは「オタク君に優しいギャル＋」という新刊を出し、一世を風靡《ふうび》する事になる。

内容があまりにリアルで「完全にホラーじゃねぇか！」と騒がれ話題になるが、それはまた別の話である。

第4章

「ねぇねぇオタク君。遠足の班決まった？」

五月も終わろうかという時期。

オタク君の高校では一年生は遠足がある。ちなみに二年生は林間学校。三年生は修学旅行だ。

遠足の地は選択制で、バスに揺られて隣の県の観光地に行くか、地元の城を見に行くかの二択。

人気が高いのは、地元の城を見る方である。

行き先として人気はあるが、城を見に行く人は誰もいない。

ようは周辺を好きにぶらついて遊ぶだけなのだ。自由な校風だけあって遠足も自由だ。

遠方へ遠足へ行く場合、もし仲の良い友達がいない場合ぼっちでバスに乗り、ぼっちで観光しなければならない。失敗した時のハードルが高い。

なので、遠方を選ぶのは、中学時代からの友達が同じクラスにいた人くらいだ。

それに地元を選ぶ場合は遠足の立て替え金も返ってくる。むしろ皆の狙いはそちらである。

　高校生になり、自由な校風の元、おしゃれがしたい学生にとって、立て替え金は貴重な資金なのだ。

　当然オタク君も地元を選んでいる。お金が欲しいので。

「オタク君、班は決まってる？」

「一応、僕入れて男子三人は決まってるかな」

　遠足の班決めは五、六人でするように言われている。

　とはいえ、個人が好きに移動して良いので、班など建前上のものでしかないが。

「私も友達二人入れて、三人決まったから、一緒の班になろうよ」

「良いですね。優愛《ゆあ》さんの班と合流して良いか確認してきますね」

「うん。私もしてくるね」

　結果はどちらもＯＫ。

　特に反対意見が出る事なく決まった。

　一緒に行動するわけじゃないから誰でも良いし、探すのがめんどくさいのでＯＫ、といった感じである。

　遠足当日。

「じゃ、俺らゲーセン行って来るから。小田倉《おたくら》は来なくて良かったのか？」

「ごめん、ちょっと優愛さんと約束があるから」

「そうか、じゃあ仕方ないな。また今度一緒に行こうぜ」

「うん」

早速男子二人はゲームセンターへ向かったようだ。

本当はオタク君も一緒に行く予定だったが、優愛に買い物に誘われそちらを選んだ。

まぁ、普段からゲームをやりこんでいるオタク君が一緒に行けば、彼らは対戦ゲームではオタク君に敵《かな》わない。

下手に普段使わないキャラで相手をしても微妙な空気になるだけなので、行かなくて正解だっただろう。

「えっと、村田《むらた》さんだっけ。僕が一緒でも良かったのかな？」

「気にしない気にしない」

「小田倉君、卑屈《ひくつ》すぎてウケル！」

優愛と一緒のグループの女子、村田姉妹。

二卵性の双子なせいか、ギャルではあるがタイプがまるで違う。

茶髪にウェーブがかったサイドテールで活発な印象の姉と、ストレートで落ち着いた印象の妹。

この印象のせいで、いつも妹が姉と思われ、姉が妹と思われる。

「ってかウチらは良いけど、小田倉君こそ良いの？」

「女子との買い物とか暇《ひま》じゃね？」

「大丈夫ですよ。元々優愛さんの買い物に付き合う予定でしたし」

具体的にいつ行くか決めていなかったので、オタク君にとっては丁度良いタイミングだった。

それに一人でブラブラしていれば、周りの誘惑に負けてせっかく手に入った立て替え金を使ってしまいそうになる。

「ってか、むしろオタク君がいた方が良いよ。オタク君ギャル物選ぶセンス良いから！」

「ちょっ、それ褒め言葉なん？」

「ウケル！」

「私の付け爪もオタク君が作ったヤツだし、今日の髪型もオタク君にやって貰《もら》ったんだよ！」

優愛が「ほら」と自慢げに爪や髪を見せる。

村田姉妹は口々に「うわすっげ」「マジヤバくね」と繰り返している。

「なに、優愛センス良いと思ったら、小田倉君にやって貰ってたの？」

「そうだよ。オタク君凄いでしょ！」

「マジすげぇわ。今日の買い物超楽しみ」

なんならメイクもオタク君が手伝ったくらいである。

移動中に、襟足《えりあし》エクステの上手な付け方や付け爪の作り方など、村田姉妹から質問攻めにあうオタク君。

(……あれ？)


気が付けばオタク君の両側には村田姉妹がいるため、一歩後ろを歩いている優愛。

完全にオタク君を取られた形だ。

早速エクステを買うために店に入ったが、村田姉妹はオタク君にべったりのままである。

「小田倉君、ウチらエクステに興味あんだけど、どういうのが良いか教えてくんない？」

「良いですよ。何か気になる物とかあります？」

「これなんだけど、見た目同じなのに、何でこっちのが安いん？」

「えっと値段の違いは材質ですね。耐熱と書かれてる方はドライヤーでブローしたり、ヘアアイロンで巻いて形を整えたりできるんですが、その分ちょっと高いんですよ」

「へぇ、じゃあ高い方買っとけば良い感じ？」

「あまり形を変えないなら、安い方でも良いですね」

「エクステの色ってどういうの選べば良いの？」

店員かと思うほど、流暢《りゅうちょう》に質問に答えるオタク君。

普段の彼ならギャル相手に圧倒されてドモっているところだが、完全にオタクモードに入り、相手がギャルだという事を忘れている。

もしかしたら、普段から優愛やリコと話しているので、ギャルに慣れてきているのかもしれない。

「小田倉君すげぇわ」

「マジセンスあんじゃん」

そんな様子を気にくわないといった感じで見つめる優愛。一人蚊帳《かや》の外である。

近くにあったエクステを摑《つか》むと、三人の会話に無理やり入って行く。

「オタク君、私もエクステ買いたいから選んで！」

むっとした顔でエクステをオタク君に突き出す優愛。

（優愛さん、エクステはこの前買ったばかりのはずだけど）

まだ買って一度も付けていないエクステがある。だというのにオタク君に選んでと言っているのだ。

しかも怒ったような表情で。

（そうか。優愛さんは僕が二人と仲良くなるキッカケを作ろうとしてくれているんだな！）

完璧な勘違いである。

鈍感《どんかん》と気遣いの合わせ技だ。

「分かりました。そうだ、エクステを選んだら、良い感じのアクセサリーショップを見つけたのでそこにも行きませんか！」

パッと表情が明るくなる優愛。

だが次の店に行った瞬間に、すぐに落ち込んだ表情になる。

「そうですね。お二人にはこれとか似合うんじゃないですか？」

「めっちゃ綺麗《きれい》じゃん！」

「小田倉君マジ良い店知ってるね！」

先ほどのお店と同じように、村田姉妹がオタク君にべったりなのだ。

しばらくして、村田姉妹が優愛の様子がおかしい事に気付く。

（ちょっ、優愛のアレ。もしかしてヤバくね？）

（もしかしなくてもヤバイっしょ）

完全にふくれっ面《つら》をして、目に涙が滲《にじ》んでいるのだ。

気付いていないのは、夢中になっているオタク君くらいである。

（ってか、優愛の奴、小田倉君の事好きなんじゃね？）

（えっ、ウチらやらかしじゃん）

（しゃあなし。小田倉君にはまた今度付き合ってもらうとして、ここは優愛に返すか）

（りょ！　じゃあ話こっちに合わせて）

オタク君を今度借りる事は、彼女たちの間では決定事項のようだ。

「あー、人増えて来てね？」

「わかるー！」

「このまま大通り歩いてたら迷子になりそうだし」

「たしかに！」

「手繋《つな》いで歩くか」

「そうすっか！」

仲良く手を繋ぎ始める村田姉妹。

「小田倉君と優愛も手繋いどき」

「こんな所で迷子の呼び出しとかマジシャレにならないから」

人が多いかといえば多いが、はぐれたり迷子になったりするほどではない。

そんな二人の提案に困惑《こんわく》するオタク君と優愛。

「た、確かに迷子になっちゃうと大変だよね」

「うん。迷子になったら大変だしね」

（オタク君、冷静すぎない⁉）

（優愛さん、手を繋ぐって言われても全然気にしてない！）

そんな二人の会話を、マジかよこいつらと言いたげに聞いている村田姉妹。

あまりにもぎこちなさすぎる会話だ。

「オタク君が良いなら、私は構わないけど」

「優愛さんが構わないなら、手、繋ぎましょうか」

（こいつら純情かよ！）

オタク君と優愛、お互いそっぽを向きながら、指同士が触れ合う。

触れた瞬間に一度ビクッとした様子で離れて、しだいにどちらからともなく手を握った。

（どうしよう。本当に優愛さんの手を握っちゃった）

（オタク君の手って男子って感じがする。ゴツゴツしてて大きい）

オタク君と優愛。恥ずかしさでそっぽを向いているが、お互い相手が気になりチラチラと見ている。

「そ、それじゃあそろそろ行きましょうか」

「次はどこに行こうか？」

店に入ればオタク君と優愛は自然と手を放してしまいそうな気がしたので、出来る限り店先のウインドウショッピングを提案する村田姉妹。

時間がたつにつれ、手を繋いでる事に慣れてきたかと思えば、思い出したように恥ずかしがってまたそっぽを向いてしまうオタク君と優愛。

オタク君が握る力を弱めると、優愛が力強く握り返し。

優愛が弱めると、オタク君が力強く握り返すシーソーゲームのような状態である。

村田姉妹はそんな様子を見て、何故《なぜ》か見ている自分たちの方が恥ずかしく感じ、顔を赤らめた。

彼女たちは知らない。見ている側が恥ずかしくなるほどの甘酸《あまず》っぱい青春。人はそれを尊いと言う事を。

「あっ、そろそろ帰る時間じゃね」

「もう手を放しても大丈夫っしょ」

遠足の時間が終わり、そろそろ帰る生徒たちとも鉢あわせる時間になってきた。

もしオタク君と優愛が手を繋いでいるのを見られたら、確実にからかわれるだろう。

本当はもっと見ていたいが、初心《うぶ》な二人をそんな目にあわせないように、手を放す事を提案するのだった。

＊＊＊

金曜の夜。オタク君のスマホが鳴った。

リコからのメッセージだ。優愛と一緒のグループメッセージではない、個別のメッセージである。

『明日暇だったりしない？』

「あれ、グループメッセージじゃない。なんの用だろう？」

その頃リコは、ベッドの上でぺたんと座り込み、スマホをじっと見つめていた。

リコの部屋にあるTVからは、アニメのエンディング曲が軽快に流れている。

実は彼女、アニメや漫画が好きな部類である。

キャラに惚《ほ》れたり、グッズを買ったりするほどではないが、結構な量のアニメや漫画を見ている。

弟に毎月「漫画料」としていくらか支払い、弟の部屋の漫画を読ませてもらってるほどだ。

そんなアニメや漫画が好きなリコだが、譲《ゆず》れない点がある。

グッズを買ったり、わざわざ映画館まで行ってアニメの映画を見ない。

もしそれをしてしまうと、自分はオタクになってしまうかもしれない。そう思って今まで耐えて来た。

しかし、最近ハマったアニメの映画がどうしても見たくなってしまった。

映画オリジナルストーリーならともかく、一期の続きを映画化するときたのだ。

今までと比べ物にならないほどに、見たい欲が強まってしまった。

悩みに悩んだリコが出した結論は、オタク君の付き添いで映画に行ってあげようだった。

誘いのメッセージを出しておいて、付き添いとは……。

「来たッ！」

リコはスマホの音にすぐさま反応をして、メッセージ画面を開く。

『暇ですよ』

オタク君はどうやら暇のようだ。

ここで忙しいと言われたら、計画そのものが破綻《はたん》してしまう。

まずは一手目が上手く行った安堵《あんど》から、リコは軽く息を吐く。

『映画行かないか？』

『良いですね。何か希望あります？』

ちなみにリコが見に行こうと考えているのは、刀で鬼を退治する超ヒット作だ。

以前、部室でオタク君がチョバムやエンジンをこの映画に誘った際に「人気すぎて見る気がなくなった」と断られているのをリコは聞いていた。

『前に鬼を刀で倒すアニメの映画見たいって言ってただろ？　アタシはそれで良いけど』

あえてタイトルを出さず、自分は詳しくないですよアピールをするリコ。

『良いですね！　丁度見たかったんですよ。優愛さんも誘います？』

『優愛はアニメとか好きじゃないんじゃないかな』

優愛がアニメを好きかどうかは分からないが、アニメの映画を見に行きたいと優愛に知られるのはなんだか恥ずかしいと思い、ついそんなメッセージを送ったリコ。

『そうですね。じゃあ二人で行きましょう』

オタク君も、ギャルをアニメ映画に誘うのはハードルが高いと思い、二人で行く事を提案するのだった。

＊＊＊

翌日。

オタク君は待ち合わせ時間に遅れないように、三十分も早く待ち合わせの駅へ着いた。

三十分早く着いたにもかかわらず、待ち合わせ場所にはすでにリコがいた。

「すみません、お待たせしました」

「別に待ってないよ。そもそも待ち合わせの時間までまだ三十分以上あるし」

ちなみにリコは一時間以上早くから来ていたりする。

それだけ映画が楽しみだったのだ。

「映画まで時間があるけど、チケット買いに行こうか」

「はい」

この時二人は、もっと早く出るべきだったと後悔する事になる。

老若男女《ろうにゃくなんにょ》問わず超ヒット作の映画なのだから、当然チケットはすぐに売り切れる。

「すみません。こちらの映画ですが、本日の一般席は全て埋《う》まっておりまして」

「本日って、今日上映するやつ全部ですか⁉」

「はい。全て完売でございます」

驚きの余り、口をポカーンと開けるオタク君とリコ。

仕方がない、諦《あきら》めるか。そう思って帰ろうとした時だった。

「この後すぐに上映予定のカップルシートでしたら空《あ》きがありますが、如何《いかが》でしょうか？」

「カップルシート……ですか。リコさんどうします？」

カップルシートという単語に、オタク君は少々抵抗があるようだ。

対してリコは気にしていない様子である。

「アタシはそれで構わないけど？」

「そうですか。それじゃあそのカップルシートでお願いします」

料金を支払い、チケットを受け取り映画館の中へ入って行く二人。

映画館の中には整然と椅子が並べられており、通路に二人掛けソファがいくつか置いてあった。

どうやらこれがカップルシートのようだ。

「小田倉、大丈夫？」

「はい、リコさんは大丈夫ですか？」

「うん。問題ないよ」

小柄なリコと一緒に座っても、ソファは二人が座るには少々狭い。

カップルがくっついていちゃつく事を想定したものなのか、単純にサイズミスなのかは定かではない。

だが、こうも窮屈《きゅうくつ》だと映画に集中できず、終わった後に痴話喧嘩《ちわげんか》を始めるカップルが出そうである。

しばらくして、照明が消え周りが真《ま》っ暗《くら》になる。

最初はオタク君もリコも窮屈さが気になっていたが、映画に集中しはじめると、それも気にならなくなっていた。

映画も終盤にかかり、主人公をかばうために仲間が犠牲になるシーンでは、どこからともなくすすり泣く声が聞こえてくる。

オタク君も割と涙腺がヤバくなってきている。このままでは決壊してしまうだろう。

「……ぐすっ……」

そんなオタク君の隣で、すでにリコの涙腺が決壊していた。

オタク君はハンカチを手渡そうかと思い、ポケットに手を入れようとして思いとどまる。

（泣き顔見られるのは、嫌だよな）

どうするべきか悩み、思わずオタク特有のキョロキョロをしてしまうオタク君。

他のカップルシートで、男性が女性を慰《なぐさ》めるように頭を撫《な》でているのが目に入った。

（優愛さんの前じゃないし、大丈夫だよな）

オタク君が右手をぎこちなく動かし、そっとリコの頭に乗せた。

一瞬だけリコがみじろぐが、手をはね除《の》けたり嫌がるそぶりは見せない。

オタク君がぎこちのないままゆっくりと頭を撫でていくと、リコが体を預けるようにもたれかかる。

（これは、撫でて良いって事だよな）

撫でるが選択肢に入った際に、オタク君は色々と悩んだ。

悩んだ結果、リコの頭を撫でたいという欲求が自分にある事に気付いた。

初めて撫でた時は、無意識で。

二回目の時は要求されて。

今回はそうではなく、自分の意思で女の子の頭を撫でてみたい。そんな感情が生まれていた。

優愛の前じゃないからとかは、オタク君が自分の心を誤魔化《ごまか》す理由にすぎない。

妹の頭を撫でる感覚とは違う事を感じながら、映画が終わるまで、オタク君はリコの頭を撫で続けていた。

＊＊＊

「映画良かったな！」

「そ、そうですね」

頭を撫でていた件について何か言われると思ったオタク君だが、リコはまるで何もなかったかのように振《ふ》る舞《ま》う。

あのシーンが良かった、最後は感動した。そんな風に映画の感想ばかりである。

「良かったら、また見に行かないか？」

「良いですね。二回目はどこで見ましょうか？」

「えっ？」

「えっ？」

リコは別の映画を見に行こうと言ったつもりなのだが、オタク君は同じ映画をもう一度見たいと捉《とら》えていたようだ。

「も、もちろん今度別の映画を見に行こうって意味ですよ」

「ははっ、そうだよな」

（でも、同じ映画なら、また同じ場面で頭を撫でて貰えるかな）

「リコさん、顔赤いですけど大丈夫ですか？」

「あー、何でもねぇよ。でも風邪《かぜ》かもしれないし映画も見たから今日はもう帰るか」

「そうですね。途中まで送りますよ」

「大丈夫だからここで良いよ。じゃあまたな」

「そうですか、それじゃあまた」

顔が赤いのも、また撫でて欲しいと思ったのもきっと気のせいだろう。

ゆっくり歩いているとそんな事ばかり頭に浮かぶので、リコはオタク君と別れた後、走って家まで帰って行った。

家に着いたリコ。そっと玄関にある鏡を覗《のぞ》く。

そこには、真《ま》っ赤《か》になった自分の顔が映っている。

（顔が赤いのは走ったから。うん、きっとそうだ）

そのままリビングを抜け、自分の部屋のベッドにダイブ。

スマホを確認すると、オタク君からメッセージが届いていた。

『次は見たい映画ありますか？』

「映画か……」

映画館の事を思い出し、なんとなく自分で自分の頭を撫でてみるリコ。

（小田倉が撫でてくれた時とは、全然違う）

「……アタシは何を考えているんだ！」

枕《まくら》に顔をうずめ、足をバタバタさせる。

今のリコにはまだ、この感情が何か、素直に認める事が出来ないようだ。

＊＊＊

まだ誰も来ていない早朝の教室。

こんな時間に学校に来ているのは、大体が部活動の朝練がある生徒である。

「まだ誰も来ていないか」

本日オタク君は日直なので、そんな時間に登校し教室の鍵を開けていた。

始業のチャイムまでまだ一時間以上あるが、朝早くから登校してくる生徒もいる。

それなら早く来た生徒に教室の鍵を開けさせれば良いだけなのだが、律儀な性格のオタク君は、日直の日はその生徒に合わせるように早く来て教室を開けるのだ。

「小田倉君、おはようございます」

オタク君が教室で学級日誌を書いていると、物腰柔らかく、少し間延《まの》びをした声の女生徒がオタク君に声をかけた。

オタク君に声をかけた女生徒は、このクラスの委員長である。

「おはようございます。委員長は相変わらず朝早いんですね」

「はい。小田倉君が日直の日は、早く教室を開けてくれるので助かります」

「いえいえ、それほどでもない……です……よ？」

なんだか歯切れの悪いオタク君。

彼が驚くのも無理もない。目の前にいる委員長は、自分の知っている人物とあまりにかけ離れていたからだ。

「どうかしました？」

「委員長、髪型変えました？」

控《ひか》えめに言うオタク君だが、髪型が変わったどころの話ではない。

元は制服を綺麗に着こなし、束《たば》ねられた漆黒《しっこく》の髪がとても綺麗な清楚《せいそ》な女生徒だった。

それがカールのかかったツインテールに、髪色はド派手なピンクに。

泣《な》き腫《は》らしたかのような赤みがかった目元に、暗く赤い色のリップ。いわゆる地雷系メイクである。

　服装もスカート丈は太ももが見えるくらい短くなり、優愛ほどではないがブラウスも着崩している。

「ふふふ。気付きました？」

（やった、小田倉君が気付いてくれた！）

　これだけ変わっていて、気付かないはずがない。

　もはや以前の彼女と同じパーツを探す方が難しいくらいである。

「思い切ってイメチェンをしてみたんですけど、どうですか？」

「似合ってますよ」

「本当ですか？　具体的にはどこが良いですか？」

　まるで死んだ魚のような目をして、オタク君に近づく委員長。

　ボソボソと「ねぇ、どこが？」と呟《つぶや》いている。どう見てもヤバイ奴にしか見えない。

　だが実際は彼女はメンヘラでもヤンデレでもない。

　今の発言も「ねぇねぇ、小田倉君はどこが良いと思った？」と本人は言ってるつもりなのだ。

　そう、ちょっと口下手で、ちょっと他人との距離感を測《はか》るのが苦手なだけなのだ。

　……多分。

「そうですね」

一旦学級日誌をしまい、委員長を見つめるオタク君。

委員長の様子に全く動じる事なく、腕組みをして考える。

もはや鈍感というレベルではない。

「特にツインテールのカールの部分が凄いと思うかな。左右対称で綺麗に巻けてるし、これエクステやウィッグじゃなくて地毛でしょ？」

「うん。今日は上手くセット出来なくて一時間以上かかったかな」

「そうなんですか。それじゃあ相当早起きしてませんか？」

「大変だったけど、小田倉君が気付いてくれたから頑張った甲斐《かい》がありました」

傍《はた》から見れば、無表情で喋《しゃべ》り続ける委員長は怖く見えるだろう。

だが、オタク君にとっては見た目が変わっても、その無表情こそが委員長らしさなので、恐れる事はなかった。

というのも、彼らの出会いは四月に遡《さかのぼ》る。

ちょっと口下手な委員長。彼女は実は隠れオタクな事もあり、女子と話がかみ合わず中々友達が出来なかった。

ある日、ラノベを読んでいる委員長に、クラスの女子がぶつかってしまい、委員長が落としたラノベを、オタク君が拾ってしまったのだ。

よりにもよってイラスト付きのページが開いた状態で。

委員長の動悸《どうき》が激しくなっていく。今のでオタクである事がバレてしまったと。

「あの、これ」

拾ったラノベを委員長に渡そうとするオタク君。

必死に平静を装い、お礼を言って受け取る委員長。

この時オタク君はまだ話す相手もおらず、同じオタク仲間を見つけたと内心ちょっとハシャイでいた。

対して委員長は、中学時代にオタクバレして馬鹿にされていた苦い記憶が蘇《よみがえ》っていた。

「何見てるんですか？」

（訳：恥ずかしいから見ないでください）

もしオタク君がシラフだったのなら、チョバムやエンジンのように彼女を恐れていただろう。

だが、孤独の中でやっと見つけたオタク仲間に、彼のテンションは爆上がりしていた。

「えっと、それ五巻の親子の再会シーンが特に感動するよね」

なので、思わずそんな風に話しかけてしまったのだ。

「あまり人前で言う事じゃないですよ」

（訳：私もそう思うけど、皆がいる前でそういう話は恥ずかしいよぉ）

「あっ、そっか。ごめん」

この日以来、オタク君以外に誰もいない時は、どこからともなく委員長が近づいて来てはアニメやラノベといったオタクの話をするようになった。

最初は彼女の言動にややビビリ気味だったオタク君だったが、回数を重ねるごとに慣れていった。

しかし、委員長はある日を境《さかい》にオタク君と話す機会が減ってしまう。そう、オタク君と優愛の出会いである。

オタク君にべったりな優愛にジェラシーを感じる委員長。

（……小田倉君は陰《いん》キャなオタク女よりも、ギャルの方が良いよね）

委員長の想いは募《つの》っていく一方だった。

（そうだ。小田倉君好みのギャルになれば、また前みたいに仲良く話してくれるはず）

そう思い立った彼女は、オタク君の好みを調べるために第2文芸部に向かった。

そこで部員たちと仲良くおしゃべりをして（本人談）オタク君の好みを聞き出したのだ。

（今日はいつもより小田倉君が饒舌《じょうぜつ》な気がする。やっぱり好みに合わせたおかげかな）

「そういえば委員長、ネイルはしてないんですか？」

「ネイル？」

委員長が調べたのは髪型、メイク、服装でネイルについてはまだだった。

元々ファッションやおしゃれに興味がなかったために、初めてのおしゃれでそこまで気が回らなかったのだ。

良く分からず首を傾《かし》げる委員長を見て、オタク君がガサゴソとカバンの中をあさり始めた。

「良かったらこれ、余ってるので付けてみませんか？」

出てきたのは黒光りする付け爪だ。

一枚一枚絵柄が違い、それぞれリボンだったり、蝶《ちょう》だったり、天使の羽根といったものが描かれている。

以前に優愛やリコが地雷系メイクを試《ため》したいと言った時に、オタク君が作ったものだ。

地雷系メイクを試したは良いが、評判は良くなかったみたいですぐにやめたので、付け爪は使われる事がなかった。

「良いんですか？」

「はい」

オタク君が頷《うなず》くと、無表情で受け取る委員長。

そして、小首を傾げた。

「これって、どうすれば良いんですか？」

「じゃあ僕が付けてあげるよ。委員長手を出して」

言われるままに手を差し出す委員長。

差し出された手に、一枚ずつ丁寧《ていねい》に付け爪を貼《は》っていくオタク君。

そんな様子を、恍惚《こうこつ》とした目で委員長が見つめる。

今の彼女の目には、オタク君の姿が、ガラスの靴《くつ》をシンデレラに履《は》かせる王子様のように見えているのだろう。

「はい、出来ましたよ」

「ありがとうございます」

朝日で煌《きら》めく爪を、角度を変えながら何度も見る委員長。

（小田倉君の好みに合わせてよかった……そうだ。また第２文芸部にお邪魔して、もっと小田倉君の好みを教えて貰おう）

自分の爪を見ながら、委員長はそう思うのであった。

閑話　「おたキャン△」

六月。

梅雨入《つゆい》りの時期だが、この日は快晴。

オタク君は、朝から山にいた。

「今年も手伝ってくれて助かるよ」

「いえいえ、その分楽しませてもらっているので」

どこも日中の温度は二十度を超え暑くなるが、山の中はまだ少し肌寒い。

長袖長ズボン姿でオタク君はゴミ袋片手に、清掃活動をしていた。

ここはオタク君の親戚が経営するキャンプ場。

毎年四月からシーズンとして開放され、五月の末ごろに一旦閉め、梅雨で人気《ひとけ》の少ないこの時期に、客の捨てたごみ等の片づけを親戚のおじさんと行っているのだ。

「ちゃんとゴミを各自が持ち帰ってくれれば、こんな事をしなくてもすむんだけどな」

「そうですね。味をしめて野生の動物とかが降りてきたりしたら困りますしね」

「そうだな。よし、そろそろ昼時だ。ゴミを捨てたら昼飯にして、その後は好きに遊んでくれて良いぞ」

「ありがとうございます」

「分かってると思うけど、ちゃんとゴミは持ち帰るようにな」

「はい！」

元気よく挨拶《あいさつ》をして、オタク君は集めたゴミを所定の場所に捨てる。

森の中にあるコテージの中へ親戚のおじさんが入って行く。オタク君はコテージ脇に置いてある自分の荷物を背負い、歩き出した。

オタク君が少し歩くと、開けた場所に出た。キャンプ場である。

施設は主にトイレ、シャワー室、料理用の水場、バーベキュー用のテーブルくらいである。

近くを川が流れており、川を上って行けば滝があったりもする。

泳ぐだけの広さはあるが、この時期はまだ水温が低く、泳ぐには適していない。

「早速準備をするかな」

そう言ってまずは荷物を広げ、道具の確認を始めるオタク君。

キャンプ道具のほとんどはオタク君の両親の物で、親戚のおじさんの所で預かってもらっているのだ。

オタク君の父と母は仲が良く、キャンプシーズンになるといつも一緒にキャンプに行くので、毎年道具が増えたり減ったりしている。なので足りないものがないか確認をしているのだ。

一通り確認を終え、テキパキと、慣れた手つきでテントを設営していくオタク君。

初めの頃はミスをしたりして時間がかかりもしたが、今では勝手も分かり、特に手間取る事もない。

あっという間にテントを設営し終わると、カバンの中をごそごそと漁《あさ》りだした。

出てきたのは釣り具だ。

釣りに必要な荷物以外はテントに置いて、早速川で釣りを始めた。

「今年はどれだけ釣れるかな」

糸を垂《た》らすと、早速何かがかかったようだ。

竿《さお》を引いて、ゆっくりとリールを巻いていく。

「おぉ、いつもの奴だ」

オタク君は魚の種類には詳しくないので、名前を知らない。

いつも釣れているという事は、多分イワナかヤマメだろう。

魚を掴《つか》む前に、一旦手を水に浸し、手の温度をある程度下げてから魚を掴み針を取る。

スマホで写真を撮ったら、キャッチ&リリース。

「次来る時には、自分で捌《さば》けるように調べておこうかな」

釣った魚をその場で調理して食べてみたいが、オタク君にはそこまでの知識はまだない。

　十分釣りを楽しんだオタク君がテントに戻るのは、夕方に差し掛かった頃だった。

「さて、ここからがお楽しみだ！」

　夕方とはいえ、まだ明るい。

　だというのに、オタク君はもう待ちきれないといわんばかりにニヤニヤしながらテントの前に何やら設置をしていく。

　設置されたのは、チタン製の小さな焚《た》き火《び》台《だい》だ。

　今までは子供一人で火の扱いをさせるのは危ないという事で、食事は近くにあるコテージでしていた。

『高校生なんだから、もう解禁しても良いだろう』

　おじさんのその一言で、オタク君は今年から焚き火台の使用を許可された。

　薪《まき》を入れ、火がつきやすいように新聞紙を何枚か入れて火をつける。

　火がつき、やがてパチパチと炎に変わっていく。

　炎をニヤニヤしながら見ている様子は、少しヤバイ奴である。

　椅子に腰を掛けて火を眺めているだけで、気が付けば日が暮れる頃になっていた。

「さて、食事の準備だ」

　焚き火台に網を設置し、その上に研《と》いだ米と水を入れた飯ごうを設置する。

　吹《ふ》きこぼれた辺りで薪を追加し、しばらくすると焦《こ》げるような匂いがしてきた。丁度良い感じになって来た証拠だろう。

「火から離して、確か十分くらい置いて蒸らすんだよな。その間におかずを作るか」

今にも踊りだしそうな、というか踊っているような足取りで調理道具を新たに取りに行く。

出てきたのはホットサンドメーカー。ネットで流行《はや》っているアレだ。

「肉！　肉！　肉！」

ホットサンドメーカーに、サイズギリギリの牛肉を入れて焼き始める。

本来の用途はガン無視である。

「初めてにしては上出来かな」

水が多かったのか、少々ベチャッとなったご飯と、興奮しすぎて焼きすぎてしまい焦げた牛肉。

それでもオタク君は美味《おい》しそうに、いや実際に美味しく食べた。

場の雰囲気的なものもあり、普段だったら眉《まゆ》をひそめるような料理も、美味しく頂けたのだろう。

「ふぅ、満足だ」

食事を終えたオタク君が空を眺めると、星が普段よりも多く見える。

明かりのない山の中。他のキャンパーもいないおかげで、美しい夜空を一人で堪能《たんのう》できるのだ。

そっと、携帯用のラジオの電源をつける。

普段聞くラジオは声優が出る番組くらい。なので、チャンネルは適当だ。

『好きな人に髪型を変えた事に気付いて貰《もら》えるってのは嬉《うれ》しいよね。ってか青春って感じだね！』

ラジオからMCがお便りを読み上げる声が聞こえる。手紙の内容は恋の相談だろうか。

青春という事は、手紙を送った主《ぬし》は学生なのだろう。

『それじゃあ、そんな甘酸《あまず》っぱい青春に見合う曲を流そうか。多分懐《なつ》かしいんじゃないの？』

ラジオからは一昔前に流行ったラブソングのイントロが流れ始める。

「あっ、これなら僕も弾《ひ》けるや」

急いでテントの中からギターを取り出し、ラジオに合わせてオタク君も演奏を始めた。

周りに他のキャンパーがいないので、音の出し放題である。

曲が終わり、またMCが手紙を読み始める。

オタク君は適当に聞き流しながら、焚き火台で沸騰《ふっとう》させたお湯を、インスタントコーヒーの入ったマグカップに注ぐ。

ふと、スマホが光っている事に気付いた。メッセージが届いているようだ。

『やっほー、今何してる？』

『部屋で適当に漫画読んでた』

『オタク君は？』

送信時間を見ると、一時間以上前のメッセージだ。

その後も優愛《ゆあ》からの『おーい』などのメッセージが何通か続いている。

『すみません。キャンプしていて返事が遅れました』

『えっ、オタク君キャンプしていってるの⁉』

『へぇ、良いじゃん。どんな感じ？』

『こんな感じです』

夜空や焚き火台の様子を次々と写真に収め、送信する。

『うわ、めっちゃ本格的じゃん。誘って欲しかった！』

『今窓から空を見たけど、そっちだと星が綺麗《きれい》に見えるね』

『そうだ。夏休みにキャンプ行こうよ！　海に入ったりしてさ！』

『海か山かどっちだよ』

『どっちも！』

むちゃくちゃである。

一応山のキャンプ場で目の前に海がある所もなくはないが。

両方をその日に楽しもうとすると、相当の体力が必要になる。

まぁ、彼らなら若いから持つかもしれないが。

優愛やリコに促《うなが》され、というかオタク君が見せたい欲求もあり更に写真を撮っては送信をしていく。その中で優愛がある物に気付く。

『ギターあんじゃん！　オタク君ギター弾けるの⁉』

『ちょっとだけですけどね』

『オタク君凄い！　そだ、今から弾いてみて！　電話かけるから』

メッセージと同時に、オタク君のスマホから着信音が鳴った。

通話に出ると、画面には優愛とリコの顔が映し出されていた。ビデオ通話である。

「オタク君が弾いてるところを見たいから、このまま弾いてみて！」

「それじゃあスマホを固定するので、ちょっと待っててください」

テーブルから自分が見える位置にスマホを置く。

さて、何を弾こうかとオタク君が考えていると、ラジオから聞き覚えのある曲が流れて来た。

「あっ、その曲知ってる！」

「アタシも分かるよ」

「それじゃあ、今流れてる曲を弾きましょうか」

曲に合わせ、ギターを弾くオタク君。

時折優愛が「凄い凄い！」とはしゃぐ声が聞こえてくる。

「オタク君マジ凄いね！」

「小《お》田《た》倉《くら》すごいじゃん」

優愛とリコに拍手をされ、オタク君は照れくさそうに頭を掻《か》いている。

「さてと、そろそろ寝る準備をするので切りますね」

「えっ、寝るってまだ八時じゃん⁉」

「はい。夜だとこの辺りは真《ま》っ暗《くら》で出来る事が少ないので、早起きして遊ぶためにですね」

明かりのないキャンプ場は、日が沈むと真っ暗になる。

現代っ子には夜八時は早い時間に感じるが、明かりがないキャンプ場はすでに深夜のような静けさである。

「あっ、そうなんだ」

「優愛じゃないけど、キャンプとか行くなら誘ってよ」

「そうですね。どこか遊びに行く時があれば誘いますね」

とはいえ、キャンプへ男女一緒に泊まりがけで行くのは無理だろうなと思うオタク君。

日帰りでどこか遊びに行ける場所があったかな。そんな事を考えながら眠りについた。

第5章

「オタク君おはよ……どうしたの？」

朝からオタク君が囲まれ人気者になっている。

「小田倉《おたくら》君、触っても良い？」

「小田倉、お前なんだその上腕二頭筋は⁉」

「えっ、マジで本物の筋肉なのこれ？」

衣替《ころもが》えにより、生徒たちは皆夏服になっている。

男子も女子も、暑さ対策のために布部分が薄くなる。

薄くなるとどうなるか？

細マッチョのオタク君が目立つ事になる。

わらわらと人が寄ってきては、体をベタベタ触られるオタク君。

困り顔で対応しているが、満更《まんざら》でもない様子だ。

オタク君の周りが人だかりで近づけない優愛《ゆあ》に、村田《むらた》（姉）が話しかける。

「優愛、見てみ。小田倉君筋肉ヤバくね？」

「うん知ってるよ。オタク君脱いだらマジ凄いから！」

優愛の発言で、教室がシーンとなった。

言った本人も、オタク君も、何がおかしいのか分かっていない様子である。

「えっ、あんたらもうそこまでいったの？」

村田（姉）の言葉に対し、なおも頭に「？」を浮かべる優愛。

逆にオタク君はその意味に気付いたようだ。

「ま、前に優愛さんとリコさんの三人で温水プールに行ったんですよ。ほら、あそこ、大きいスライダーがあるとこ！」

オタク君の焦《あせ》り方《かた》と説明の仕方で、優愛もようやく言葉の意味を理解したようだ。

優愛はみるみるうちに顔を赤らめていく。

「ちょっと、行ったたってプールだし！　変な意味じゃないし！」

「いや、脱いだら凄いって流石《さすが》にやべーって、言い方やべーって」

「だって、オタク君本当に凄かったし！」

「だから言い方ァ！」

気が付けばオタク君ではなく、優愛をいじるムードになっていた。

必死に否定をしようとすればするほどアホな事を言ってしまう優愛。

周りもそれが面白くて、ついつい悪ノリが加速してしまう。

（べ、別にオタク君とは、まだそういう関係じゃないし……）

「実際のところ、優愛って小田倉君の事どう思ってるの？」

「えっと、どうって……」

（どうって、オタク君は面白いし、優しいし、色々してくれるし、全然嫌いじゃないし
……あれ？）

（これは優愛さんが迷惑がってるな。確かに僕が相手だと嫌だろう。ここは僕が何とかしなきゃ）

「皆、僕を見てくれ！」

オタク君が叫ぶと、優愛の考えが中断された。

そして先ほどまで優愛をからかっていた声が「おー！」という歓喜の声に変わる。

オタク君は上着を全て脱ぎ捨て、マッスルポーズを決めていた。

「鍛《きた》えたこの筋肉、凄いでしょ！」

優愛のために、オタク君は文字通り一肌脱いだのだ。

制服から見える腕だけでなく、上半身全てが鍛え上げられ、胸元はピクピクと躍り、腹筋は綺麗《きれい》に分かれている。

「やっべ、写真撮らせてよ」

「小田倉君。お願い胸触らせて！」

記者会見と言わんばかりに、写真をカシャカシャと撮られるオタク君。

サービスをするようにポーズを変えていくと、そのたびに歓声が上がる。

オタク君の筋肉を見て、一部の女子は恍惚《こうこつ》の表情に変わっていく。筋肉フェチなのだろう。

胸元を開けて自慢げに胸筋を見せていた運動部の男子は、少し気まずそうに胸元のボタンを留めていく。

まぁ、明らかにレベルの違う筋肉を見せられてしまっては、仕方がないといえる。

「ってか、そんなに筋肉あるなら、腕相撲《うでずもう》とかめっちゃ強いんじゃない？」

「小田倉君、運動部相手でも勝てるんじゃない？」

「流石にそれは無理ですよ」

「良いからやってみてよ。ほら、男子誰か挑まないの？」

運動部ならオタク君に勝てるだろう。そうは思ってもなかなか立候補する者はいない。

もし負ければ、流石に恥ずかしいレベルではないからだ。

結局候補者が出ず、近くにいた男子が女子に無理やり出される事になる。

男子は嫌々言いながらも、女子に「早く行きなよ」と言われて背中を押されるのはちょっと嬉《うれ》しそうだ。

どんな形でも女子に触れられるのは嬉しい。思春期である。

「始めるよ、レディー、ゴー！」

勝負は一瞬で決着が付いた。

オタク君の敗北である。

まさかのオタク君の敗北に歓声がわき、勝った男子に「凄い」と言いながら女子が腕を絡ませてくる。

多分この女子は勝った男子に気があったのだろう。どさくさに紛れて策士である。

まぁ、男子も腕に女子の胸が当たって良い気分なので、どちらもＷＩＮ－ＷＩＮだろう。

「オタク君よわーい」

ゲラゲラ笑いながら、オタク君の背中をバシバシ叩く優愛。

「流石に運動部相手では勝てませんよ」

「そんな事言って、運動部以外にも負けたらどうするよ？」

うりうりと言いながら、オタク君の筋肉をツンツンしていく。

敗者ではあるが、優愛に絡まれたので、それはそれでご褒美だろう。

「じゃあ俺が、小田倉に挑むわ！」

オタク君に勝った男子が女子にチヤホヤされているのを見て、我も我もとオタク君に挑み始める男子生徒たち。

気が付けば、始業のチャイムが鳴るまで男子の腕相撲大会が続いていた。

少しでも女子に良いところを見せたい男子が集まり、女子もこの状況を生かして気のある男子に近づいていく。

青春である。

ちなみにオタク君の腕相撲は、まぁまぁ強いという結果だった。

筋肉があっても腕相撲が強いわけではないので。

「やった！　オタク君勝った！　凄い凄い！」

オタク君が勝つたびに、優愛がはしゃぐ。

腕相撲はクラスで一番にはなれなかったが、もっと良いものをオタク君は手に入れているので十分だろう。

＊＊＊

「オタク君、待って待って」

下校時刻になり、下駄箱で靴《くつ》に履《は》き替《か》えようとしているオタク君を見つけ、優愛が叫ぶ。どうやら声に気付いたらしく、オタク君が振り返る。

「どうしました？」

「オタク君、今から帰り？」

「はい。そうですよ」

「丁度良かった、駅まで入れてって」

外は土砂降り。

どうやら優愛は傘《かさ》を忘れたようだ。

「もしかして傘忘れたんですか？　今日は降水確率80％って天気予報でも言ってたのに」

「いやぁ、朝忙しくてさ、天気予報見ないでそのまま来ちゃったからさ」

忙しいとはいえ、梅雨のこの時期。カバンに折り畳み傘くらい入れてくるはずだが。

そもそも、朝の時点で雨が降る寸前の曇《くも》り模様《もよう》だったというのに。

「良いですけど、そんなに大きくないので、濡れちゃっても文句言わないでくださいね」

「大丈夫大丈夫。入れて貰《もら》えるだけでもありがたいからね。感謝感謝」

そう言って両手を合わせ、オタク君を拝《おが》み始める優愛。

まったくなどと小言を言いながらも、笑っているオタク君。

傘を開いて、優愛が靴を履き替えるのを待つ。

「それじゃあ行きましょうか」

「うん。ってオタク君そんなに離れてたら濡れちゃうよ？」

「僕は男だから大丈夫ですけど、優愛さんは女の子なんですから、体を冷やしたら危ないですよ」

オタク君、紳士的発言である。

実際のところは、肩が触れ合うのが恥ずかしいからだが。

「ふーん、それなら……えいっ」

傘を持つオタク君の腕に、優愛が抱きつく。

「ゆ、優愛さんっ⁉」

「これだけくっつけば二人とも濡れないし、冷えないから良いっしょ」

「で、でも」

胸が当たっている。流石に堂々と口には出せないオタク君。

オタク君の腕に、薄い布越しに優愛の柔らかい感触が伝わる。

「ほら、早く行こう」

「分かりました」

優愛の性格上、ここで問答しても引いてくれないだろう。

なので、仕方がないと諦《あきら》め優愛に付き合う事にしたようだ。

校舎には人がまばらにいるが、幸いな事に見知った顔とはすれ違う事はなかったようだ。

(優愛さん、他の男の人にもこんな事したりしてるのかな)

スキンシップが激しいのは嬉しいが、他の男にもやってるかもと思うと少しモヤモヤするオタク君。

そんな事を考えて、優愛を見ると、目が合った。

「どうしたの？」

「いえ、何でもないです」

「えーなになに。そういうの気になるって！」

「いや、ほら、くっついてて暑くないかなと思ったので」

六月の中旬。一部では夏のような暑さになるところもある。

オタク君の地域も温度はそこそこ高く、更に雨のせいでジメジメとした嫌な暑さになっている。

腕に絡みついた優愛が、見上げる感じでジーッと見てくるので、思わず目線を逸《そ》らすオタク君。ちょっと下に視線を降ろすと、優愛の胸元に汗が滲《にじ》んでいるのが見えた。

セクシーである。ちなみにオタク君は、焦りと興奮で体中から汗が噴き出している。

「私は暑くないから大丈夫だよ。もしかして迷惑だった？」

「そんな事ないです！」

「えー、本当に？　オタク君優しいから本当は我慢してない？」

「全然余裕ですよこのくらい」

そう言いながらも、オタク君の顔は今にも湯気が出そうなほどに赤くなっている。

「そうなんだ。じゃあ遠慮なく」

優愛が先ほどよりも力を入れて、オタク君の肩に頭を乗せて寄り添って来る。

どうやら、今までは彼女なりに遠慮した距離だったようだ。

肩に優愛の重みを感じながら、ゆっくりと歩を進めるオタク君。

先ほどよりも近づいたからか、優愛の甘い香水の匂いがオタク君の鼻をくすぐる。

オタク君は思春期の少年だ。そんな少年がこんなスキンシップをされ耐えられるのだろうか？

否《いな》！　耐えられるわけがない。彼は今にも爆発寸前だ。

だが、爆発寸前なのはオタク君だけではない。

（勢いで腕組んじゃったけど、ヤバイ。これめっちゃ恥ずかしい！）

そう、実は優愛も先ほどから、いや、最初から爆発寸前だったのだ。

まるで冷静に話しているように見えるが、二人とも実際はどもりながら会話をしている。

冷静さを失っている故《ゆえ》に、お互いが冷静じゃない事に気付いていないのだ。

ぎこちなさを残しながら、他愛もない会話をして駅へと向かう二人。

「優愛さんって、優しいですね」

「えっ、急にどうしたの」

「ほら、僕ってオタクだから気持ち悪がられる事が多いんですけど、優愛さんはそういう目で見ないですし」

中学時代の思い出を自虐《じぎゃく》気味に笑いながら話すオタク君。

「別にオタク君気持ち悪くないし。優しくて良い人じゃん？」

「そうですか？」

「そうだよ。私に色々してくれるし、困ってるリコのためにも手伝ってくれたじゃん！　もし気持ち悪いって言うなら、オタクってだけでそんな扱いした人たちの方がキモイよ」

「……やっぱり優愛さんは優しいですよ」

いつしか爆発寸前のオタク君の心は、平常心を保っていた。

こんなに優しくしてくれるのに、スケベな目で見た自分に罪悪感を抱きながら。

「っと、駅に着きましたね」

「あっ、そうだね」

名残惜《なごりお》しそうに離れていく二人。

「それじゃ、私こっちのホームだから。バイバイ」

「はい。さよなら」

手を振ってオタク君と別れる優愛。彼の乗る電車が去るのを向かいのホームから見送ると、優愛はカバンから折り畳み傘を取り出した。

「私、別に優しくないし……」

＊＊＊

「オタク君。テストどうだった？」

期末テストがすべて返却された放課後、浮ついた空気が流れる教室で、優愛がオタク君に声をかけた。優愛の明るい声と表情から、悪い結果でない事が分かる。

これならオタク君も、安心して点数が聞けるというものである。

「まぁまぁといった感じですね。優愛さんは？」

「ふふーん。どうよ！」

「おぉ。全部平均点に近いじゃないですか！　頑張りましたね」

「まぁね」

平均点に近い。オタク君なりに言葉を選んだ褒め方だ。

どれも平均にはギリギリ届いていない。それでも前回よりは点数が上がっている。

せっかくやる気を出してくれているのだから、このまま続くように褒めて伸ばす方針なのだろう。

ちなみに、オタク君はどれも平均点以上の点数を出している。

オタク趣味に時間を割《さ》きつつ、学業で親を納得させるには十分な点数だ。

「おーい、優愛帰ろう」

「おっ、リコ丁度良い所に、見て見て」

「へー、頑張ったじゃん」

そう言って優愛の答案の上に自分の答案を重ねるリコ。どれも倍近い点数だ。

完全なマウンティングである。

「めっちゃ煽《あお》られてる気がするんだけど！　ってかリコめっちゃ棒読み！」

「小田倉はテストの点数が良い女と悪い女、どっちが良い？」

「ははっ」

5月刊ラインナップ

魔王のあとつぎ2
著：吉岡 剛　イラスト：菊池政治

新作 B6判 **追加戦士になりたくない黒騎士くん**
著：くろかた　イラスト：ギンカ

新作 B6判 **バスタード・ソードマン**
著：ジェームズ・リッチマン　イラスト：マツセダイチ

新作 B6判 **腹ペコ要塞は異世界で大戦艦が作りたい** World of Sandbox
著：てんてんこ　イラスト：葉賀ユイ

B6判 **エステルドバロニア5**
著：百黒 雅　イラスト：sime

FBN vol.196　2023年4月28日
発行：株式会社KADOKAWA
〒102-8177　東京都千代田区富士見2-13-3
企画・編集：ファミ通文庫編集部
https://famitsubunko.jp/

道を駆けあがれ!
現代陰陽師は転生リードで無双する 弐
著:爪隠し　イラスト:成瀬ちさと
峡部聖は独自のトレーニング法と父からの教えによって、陰陽師としてのスキルを磨く日々を送っていた。ある日、母方の祖母が入院していることを知る。生まれてから1回も会えずにいた祖母と面会することになり——

オタク君マジ最高なんだけど!!!
新作
ギャルに優しいオタク君
著：138ネコ　イラスト：成海七海　キャラクター原案：草中
仲良くなった金髪ギャル鳴海優愛の悩みは多い。その悩みを解決するのは――小田倉浩一のオタク趣味!?　「オタク君マジ最高なんだけど!!!」ギャルの趣味を理解するオタク君の学園青春ラブコメディ!

BUNKO
2023.4
VOL.196
オタク君マジ最高なんだけど!!!
今すぐチェック!
FBファミ通文庫
ギャルに優しいオタク君
著：138ネコ　イラスト：成海七海　キャラクター原案：草中

「おっ、リコやんのか？　喧嘩《けんか》か？　受けて立つぞヨーシ」

オタク君、目の前でじゃれ合う二人を見て苦笑いを浮かべるしかない。

「とりあえず、今日は疲れたし、帰りにラーメンでも食べて行きませんか？」

テストの点数は問題ないと分かっていても、返却されるまではどうしても気負ってしまう。

なので、テスト返却日の授業は精神的に相当疲弊《ひへい》する。

疲れた心と体を癒《い》やすために、彼の心はラーメンを欲しているようだ。

「安いラーメン屋なら付いて行くけど」

「ええ、普通のラーメン屋は高いですからね」

普通のお店でラーメンを頼めば七百円以上するだろう。

だが、ソフトクリームを持った女の子のイラストが描かれた看板のチェーン店なら、ラーメン一杯頼んでも四百円でお釣りがくる。学生の財布に優しい値段設定である。

「私も行く。リコどうせミニラーメンでしょ？　なら私と普通のラーメン半分こしようよ」

「うん。良いよ」

「オタク君は？」

「僕は普通のラーメンと、食後にソフトクリームですね」

「あ、それ良いね。私もソフトクリーム頼もう！」

「それじゃあ準備して行きましょうか」

オタク君の机に並べられた答案をそれぞれ回収し、ラーメン屋に向かう。

店には学生が何組か居座《いすわ》っていた。誰もが口々にテストの話をしている辺り、同じようにテストから解放されたばかりなのだろう。

空《あ》いてる席をリコが確保し、手早く注文をすませるオタク君と優愛。

「期末も終わったし、後は夏休みだね」

「その前に進路相談がありますよ」

「進路相談って、まだ入学したばかりだから何も考えてないし。オタク君とリコは？」

「アタシも特には考えていないけど、親は大学に進学しろって言ってるな」

「うちも同じような感じですね。出来れば国立に行って欲しいとは言われますけど」

一応それなりに良い学校《とこ》なので、そのまま良い大学に行けるなら行って欲しいと思う親心は当然だろう。

「マジか、うちなんて『高校卒業してくれるなら後は好きにして良い』だよ」

放任主義と見るべきか、子供の自主性に任せると見るべきか。

変に突っ込むとやぶ蛇《へび》になりかねない。オタク君もリコも苦笑いで誤魔化《ごまか》すだけだ。

「あっ、ラーメンできたみたいですね。取りに行ってきます」

「こっちもだ。取りに行くから、リコは席確保のためにここで待ってて」

「一応荷物置いてるけど、まぁ待っとくわ」

それぞれラーメンの容器を受け取り席に戻る。

優愛は一回り小さい容器にラーメンとスープを入れて、リコと半分こをしている。

「そういや夏休みもだけど、そろそろ文化祭や体育祭の準備も始まるんじゃないっけ？」

「そうですね、確か夏休み前には各クラス何をやるか決めて、夏休みと九月を使って準備だったはずです」

「アタシのクラスでは今日その話出てたよ。何がやりたいとか決まらなくて、めちゃくちゃだったわ」

「そうなんだ。オタク君は何かしたい事とかある？」

「僕は、特に考えてませんね」

中学時代はクラスの陰でひっそりと生きてきたオタク君にとって、文化祭も体育祭も別世界の話である。

陽《よう》キャたちがワイワイ騒ぐのを、ただ遠くから見ているだけの。

「それじゃあ何するか一緒に考えよう。一緒にクラスを盛り上げようぜ」

「ははっ」

オタク君の口から、少しだけ乾いた声が出た。

僕のようなオタクが入って盛り上がるだろうか？

そんな考えが頭をよぎる。

多分そんな事を口にすれば、優愛は悲しい顔をするだろう。

そして、沢山の言葉で、オタク君の弱気な言葉を否定してくれるだろう。

そうしてくれるのは嬉しいけれど、それをするのは構ってちゃんがすぎる。

「そうですね。一緒に頑張りましょう」

だからオタク君は、前向きに答える。

自分はまだ信じられないけど、優愛の言葉を信じて。

「あーあ。アタシも同じクラスだったら良かったなぁ」

「良いでしょー。私とオタク君で文化祭も体育祭もリコのクラスに勝ってやるんだから」

「はいはい。負けたら優愛が足引っ張ったって言うから覚悟しといてね」

他愛のない話は続く。

オタク君たちの学生生活は、まだまだ始まったばかりである。

＊＊＊

「それではクラスの文化祭について、何か意見ある者、レイズユアハンド」

オタク君の教室で、教壇に立った色黒アロハシャツの男がそう言って辺りを見渡す。

こんななりではあるが、立派な教師である。

オタク君のクラスの担任である、通称「アロハティーチャー」。担当科目は勿論《もちろん》英語。

真冬以外はアロハシャツを着ていて、本人曰《いわ》く「生徒が接しやすいキャラ作り」だそうだが、多分趣味も入っているだろう。

　実際に生徒からは、気さくに「アロハティーチャー」と声をかけられるので、効果は出ているのだろう。

　そんな彼が教壇に立ち、今話しているのは文化祭についてだ。

　各クラス出し物をするのだが、何か希望がないか聞いている。

　ちなみに「レイズユアハンド」は手を上げてという意味だ。

　この教師、英語の発音はバッチリなのだが、生徒に合わせて日本人が聞き取りやすい発音で言っている。

「はいはい。喫茶店やりたいです」

「演劇とか良くない？」

「お化け屋敷作ろうよ」

　生徒たちが次々と手を上げ、好き勝手に意見を言っていく。

「喫茶店ってメニューどうするんだよ」

「演劇とか恥ずかしいから無理」

「この歳《とし》でお化け屋敷ってどうなのよ」

　当然やりたい事がバラバラなので、まとまるわけがない。

「喫茶店といえばメイド喫茶だろ」

「メイド喫茶とかキモイわ。オタクかよ」

なおも議論は続いていく。

といっても、白熱しているのは一部で、半分以上が興味がないといった様子である。

だが、実際は興味があるし、自分も意見を言いたい。

ただそれで空気が白けてしまったら、自分の意見を無視されたら。

そう思うと、恥ずかしくて何も言えず仕舞《じま》いになっているだけだ。

気付けばチャイムの音が鳴っていた。

結局、議論は平行線のまま終わってしまったようだ。

「本当は体育祭の出場プログラムも決めたかったが、それは帰りにするか」

委員長が号令をした後に、アロハティーチャーは教室を出て行った。

教師がいなくなった途端《とたん》に、生徒たちは騒《ざわ》めきだす。それぞれ何が良いかの案を出しながら。先ほどまで消極的だった生徒も現金なもので、友達と固まればあれが良いこれが良いと言い出し始める。優愛もその中の一人だった。

「ねぇねぇ、オタク君は出し物何が良いと思った？」

「そうですね。やっぱり喫茶店が無難なのかなと思います」

一番大変そうに見える喫茶店だが、メニューさえ決めれば後は手順通りに作るだけだ。

個人でそれぞれ自由に作品を作って発表しましょうよりは、全然楽だろう。

本音を言えばメイド喫茶だが、先ほどキモイという意見が出てたので流石に言い出せないオタク君。

「メイド喫茶とか面白そうじゃない？　お帰りなさいませご主人様イェーイって感じで」

流石にイェーイは違う。

オタク君が恥ずかしいと思う事を、優愛は恥ずかしがる事なく口にする。

実際にオタク君が勝手に恥ずかしがっているだけで、他の人はメイド喫茶自体に対して偏見の目を持っていない。

そもそも生まれた時からあるものなのだから、そういう文化なのだろう程度だ。

キモイと言った生徒も、冗談半分で言ったにすぎない。

むしろ優愛のように着てみたいと言う女子も何人かいるくらいだ。

しかし「着たい」と言うには度胸がいるものだ。やはり空気が悪くなったら、からかわれたらと思うと言い出せないものである。

なんなら男子も「着てみたい」と言いたいくらいだ。

文化祭特有のノリだが、まだ準備は始まったばかり。

皆思うように、はっちゃける事が出来ないでいる。

「そ、それより体育祭はどうしようか？」

周りに聞かれていないか不安になり、必死に話題を変えるオタク君。

残念ながら、ガッツリ聞かれていた。

（小田倉の奴、せっかくメイド喫茶の空気になりかけたのに）

優愛がやるなら自分もやろうかな。そんな軽いノリで入ろうとしていた女子たちの動きが止まった。オタク君の、過剰《かじょう》な恥ずかしがりのせいである。

やりたいけど誰もが口にするのは憚《はばか》っている中、優愛がズケズケと言ってのける。

結果、オタク君の周りの生徒たちは、聞き耳を立て息を潜めた。

「体育祭かー、じゃあクラス対抗応援合戦を皆でメイド服着てやるのはどうよ？」

「もう、だからメイド服は良いですって」

（小田倉ァ!!）

オタク君の株が下がっていく一方である。

もはやオタクアピールをして「メイド服良いよね」と言った方が好感度が上がるまである。

「ぶー……じゃあさ、鬼殺《きさつ》の刃《やいば》の隊員の格好はどうよ？」

鬼殺の刃。主人公が妹の病気を治すために鬼滅隊という部隊に入り戦う漫画だ。

アニメ化もしており、老若男女《ろうにゃくなんにょ》問わず人気の超ヒット作だ。

「格好ってコスプレするって事ですか？」

（あぁ、もう。絶対に小田倉否定するぞこれ）

「なになに？　文化祭の話？」

近くの席にいた女子が強引に話に割り込む。それを皮切りに、他の生徒も雪崩《なだ》れ込《こ》んだ。

「お前ら鬼滅隊のコスプレすんの？」

「えっ、応援合戦は皆で鬼滅隊のコスプレ？」

「皆でやるのか？　まぁそれならやっても良いけどさ」

気付けばやる事が確定の流れになっていた。クラスメイトの見事な連携である。

ここだと言わんばかりに他の生徒も次々と参戦し、話が盛り上がっていく。

「それじゃあさ、体育際の前が文化祭なんだから、鬼滅隊喫茶とかどうよ？　文化祭終わった後は、衣装が体育祭で汚れても問題ないでしょ」

「そうだな。文化祭と体育祭両方で使えるなら、準備が楽になるし良いな」

「じゃあさ、喫茶店は鬼にちなんで、鬼まんじゅう作ろうぜ！」

「でもさ、うちらは演劇やりたいんだけどー」

「じゃあ応援合戦の内容を演劇にすれば良いんじゃね？」

「そっか、それなら良いかも！」

パチッとピースがハマるように、次々と出し物について決まっていく。

そもそも、皆が最初から意見をちゃんと出していれば決まっていた内容である。

「いやいや、皆盛り上がるのは良いけどさ、衣装どうするよ？」

ピタリと時間が止まったように皆が動かなくなった。

衣装がなければ、この企画は始まらないのだ。

「そっか、衣装か……そういえばオタク君服作れなかったっけ？」

前にオタク君の部屋に、自作したドール衣装があったのを優愛は思い出した。

「作れますけど、僕一人で全員分は無理なので、自分たちで縫《ぬ》ってもらう事になりますよ」

「えっ、小田倉服作れんの？　凄くね！」

「自分たちで縫うって、やり方は教えてくれるの⁉」

オタク君、下がった株が急上昇で、完全に人気者である。

その日の下校時刻までには、クラスで出し物をどうするのかが決定していた。

「なぁ小田倉。衣装に手をくわえたい場合どうすれば良い？」

「あっ、ずりぃ。幹部キャラやるつもりだろ⁉　俺も俺も」

「ねぇねぇ小田倉君。こういうウィッグってどこで買えばいい？」

オタク君、この手の話は得意なので、答えていたらひっきりなしにクラスメイトが質問するようになってきた。

大盛況《だいせいきょう》である。

「ねぇねぇオタクく……」

「おたくらー。衣装って一着当たりいくらかかりそうだ？　今度全員から文化祭で使う材料費徴収するから、分かったら教えてくれ」

「……ぶー」

そのせいで話しかけられず、不機嫌になる優愛。

彼女が帰り道でオタク君にウザ絡みをした事は、言うまでもない。

第6章

「このクラスに補習を受けるような生徒はいないが、だからといって夏休みにハメを外しすぎないようにな」

担任のアロハティーチャーが号令をかけ、教室を出ると教室は一気に騒がしくなる。

本日は終業式、どのグループも夏休みをどうするかの話題で持ちきりだ。

帰宅の準備をするオタク君の後ろに、足音も立てずに近づいてくる人影が。

「小田倉《おたくら》君、夏休みの文化祭準備期間は八月一日からなので、忘れないでくださいね」

目立つドピンク頭に地雷系メイク。委員長である。

「うん。委員長も来るんだっけ？」

「勿論《もちろん》ですよぉ」

「楽しみですね」

「ええ。楽しみです」

（文化祭の準備か。中学時代はほとんどやらなかったから楽しみだな）

（小田倉君とおしゃべりが出来る。楽しみ！）

「それでは、私は委員会のお仕事があるので」

「そっか。じゃあまた夏休みの準備期間に」

「……はい。お疲れ様です」

委員長がオタク君から離れて教室を出ていく。

入れ替わるように、優愛《ゆあ》がオタク君に話しかけた。

「ねぇねぇオタク君。三十日空《あ》いてる？」

「三十日ですか？　その日は空いていますよ」

「じゃあ、リコと一緒にオタク君の家に行っていいかな？」

「そうですね。その日は家に誰もいないので大丈夫ですよ」

「オッケー」

普通は女の子を家に誘うのだから、安全面を考えると誰か家人がいるべきだと思うが。

思春期の彼にとっては、家に女の子を呼んだとなれば、家族からどんな風にからかわれるか分からない。

なのでオタク君にとっては、家族がいない方が都合が良いのだ。決してやましい意味ではない。

「それと三十日までに、どこか別の場所で集まって宿題しませんか？」

「いやー、ちょっと明日からリコと短期のバイトだからさ。ごめんね」

「あっ、そうなんですか。分かりました」

普通に集まって遊ぼうと提案できる辺り、オタク君の意識も変わってきている。

優愛やリコの誘いを待つだけの、シンデレラボーイではない。

今回は不発に終わってしまったが。

「私はもう帰るけど、オタク君は？」

「僕は部室を覗《のぞ》いてから帰ります。第2文芸部の出し物がまだ決まっていないので」

「そうなんだ。じゃあ今度会うのは三十日だね。バイバイ」

遠回しに優愛が「一緒に帰ろう」と誘っている気がするが、そこに気付けるほどオタク君は鋭《するど》くない。

なんなら委員長の「お手伝いして欲しいな」オーラさえもスルーである。

意識は変わっても、好意に対する鈍感《どんかん》さは相変わらずである。

優愛に手を振って別れた後に、第2文芸部の部室へ向かうオタク君。

部室のドアを開けると、挨拶《あいさつ》もなくチョバムとエンジンが話しかける。

「小田倉殿、文化祭の出し物に何か良い案はないでござるか？」

「ちなみにオススメエロゲー十選とかはダメですぞ」

良い悪い以前に未成年なので、エロゲーはアウトである。

「エロゲーじゃなくてもダメだろ。そもそもモロにオタクバレするような物は出せないし」

「そうでござるな」

彼らは隠れオタク、故《ゆえ》にオタクバレは出来る限り避《さ》けたいところである。

「じゃあ、適当に一般人にも人気がある漫画のイラストとか描いて展示はどう？」

「それは確かにパンピーっぽいですな。でもその後に絵を描く部活と勘違いして入部希望者が来たり、どんな部活か興味を持たれたらヤバイですぞ」

隠れオタクではあるが、オタクアピールをしたい。

その上で展示物として学校側を納得させる物で、一般人にオタクバレしない物。

なんともめんどくさい注文である。

結局、この日も何も決まらずに終わった。

議論したのは最初の三十分くらいで、残りの時間は今期のアニメや最新作のゲームの事ばかり話していたから、当然といえば当然だろう。

「そうだ、小田倉殿。これは拙者《せっしゃ》とエンジン殿からでござる」

「ハッピーバースデーですぞ」

チョバムとエンジンが掃除用具入れを開ける。

その中に隠しておいた少し大きめの紙袋を取り出し、オタク君に手渡す。

「えっ、良いの⁉」

オタク君の誕生日は七月二十六日。

普段は夏休みに入っているため、誕生日を友達に祝われた経験はあまりない。

なので、かなり嬉《うれ》しかったりする。

「中身は帰ってからのお楽しみですぞ」

「大事にするでござるよ」

「うん。ありがとう」

紙袋を持って帰宅したオタク君。

ウキウキしながら取り出すと、中身はメイド服だった。

なんともオタク仲間らしいプレゼントである。

「あいつら……」

などと口にしながらも、シワにならないように丁寧《ていねい》にクローゼットにしまうオタク君。

これはこれで嬉しかったようだ。

＊＊＊

七月三十日。

そわそわしていたオタク君が部屋の中でウロウロしていると、チャイムの音が鳴り響いた。

すぐに出たら、時間前から待機してる恥ずかしい奴だと思われそうだ。

しかし、この炎天下で待たせるのは心苦しい。

とりあえず深呼吸をしてから部屋を出た。

優愛やリコが家に来るときのオタク君はいつもこんな感じである。

「おはようございます」

ドアを開けると、優愛とリコがいた。ノースリーブに短パンという薄着姿で。

「やっほー、オタク君来たよ」

「お邪魔します」

そのまま玄関へ迎え入れ、オタク君は流れるような所作《しょさ》で自分の部屋へ案内していく。

実は優愛やリコが来る前は、どもらないように案内の練習をしていたりする。

オタク君はオタクであるが、リアルの女の子に興味がないわけではない。思春期なので。

「あっ、適当な所に座ってください」

「オッケー」

「んっ」

手荷物を、部屋の中央に置かれた四角い机の上に置き、リコは座布団《ざぶとん》に座り、優愛はベッドにダイブした。

「へへ、私の匂いを擦《す》りつけたぜ。オタク君これで寝る時は私の匂いを嗅《か》いで寝られるね」

そう言って、悪戯《いたずら》っぽく笑う優愛。

多感な少年の布団にそんな事をすれば、夜興奮して眠れなくなってしまうだろうに。

「優愛、変態っぽいからやめなよ」

「えー、その言い方は酷《ひど》くない？」

二人同時に「どう思う？」と聞いてくるせいで、笑って誤魔化《ごまか》すしかないオタク君。

本音を言えば、ちょっと嬉しかったりする。

別にオタク君は匂いフェチではないが、同級生の美少女の匂いに興奮しないような朴《ぼく》念仁《ねんじん》でもない。

「それより、今日は荷物多いですね。何の宿題持ってきたんですか？」

このままではからかわれるだけと判断し、早速話題を変えようとするオタク君。

その言葉に、優愛が反応し、ベッドからぴょんと飛び出す。

優愛とリコが自分のカバンを漁《あさ》り、机の上に三つほど白い箱を置いた。

「オタク君、まずはこの箱開けてみて」

サプライズのつもりだろうが、オタク君は箱を見ただけで中身が分かった。

中身はケーキだ。

二人は誕生日のお祝いに来てくれたのだろう。

ならばと、気付かない振りをして箱を開けるオタク君。

「えっ、ケーキ⁉」

オタク君。演技派である。

三人で食べきれるサイズの、小さなホールケーキだ。

「「誕生日おめでとう」」

驚いた振りをしているオタク君に、優愛とリコがお祝いの言葉をかける。

お祝いの言葉の後は、定番のバースデーソングだ。

歌い終わると、二人は持ってきた箱を手に持ち、オタク君に差し出した。

「はいプレゼント」

「小田倉が気に入ると良いけど」

「わぁ、ありがとう」

喜んで受け取るオタク君。どちらの箱も思ったよりは重みがない。

「開けてみても良いかな？」

「うんうん。まずは私のから開けてみて！」

「分かりました」

早く早くと言わんばかりに目を輝かせる優愛。

オタク君が箱を開けると、中にはハート形の瓶が入っていた。

中には薄いピンクの液体がたっぷりと入っている。

「これは？」

「香水だよ。オタク君普通の服は買ったから、こういうので普通っぽさもっと出せると思って」

「へぇ、香水ですか。これって首や手首にかければ良い感じですか？」

「そうそう。こうやってシュッとかければ良いよ」

早速プレゼントした香水をオタク君に一吹きする優愛。

見た目に反し、思ったよりは甘ったるい匂いはしない。

「あれ、この匂いって」

「あっ、気付いた？　ヘヘッ。私が使ってるのとお揃《そろ》いだよ」

二人とも同じ匂いの香水を使っていたら変に勘ぐられそうだが、優愛はそこまで考えていない。

オタク君とお揃い。その程度の考えで同じのを買っただけだ。

「そ、そうですか」

対してオタク君はドキドキしっぱなしである。

自分の首筋から常時優愛の匂いが出ているのだから、思春期の少年には刺激が強いというものだ。

「ほらほら、次はアタシの開けてよ」

「あっ、はい」

二人がイチャイチャ、もとい仲良くプレゼントを開封している間、リコはそわそわしっぱなしであった。

早く自分のも見て欲しいと視線を送っていたが、見事に気付かないオタク君にしびれを切らしたようだ。

「おお、靴《くつ》ですか！」

「あぁ。前に服買いに行ったけど、靴は買わなかっただろ？」

安い物でも、靴一足で服一着分以上はする。

普通ファッションのコーディネートとは、慣れていないとどうしても靴は目立たないから後回しになってしまう。が、実際は足元も結構見られているものである。

なので、リコは事前に靴箱でオタク君の足のサイズを調べ、靴を買う事にした。

やってる事は少々ストーカーっぽい気がするが、思春期の少女なのでセーフだろう。

「はい。どういう靴を選べば良いか分からなかったので、嬉しいです」

これでオタク君は普通の服、ズボンに加え、普通の靴と香水まで手に入り一般人への擬態が完璧になった。

フルアーマーオタク君である。

実際は女の子に選んでもらっているだけあって、普通どころか、女子ウケしやすい、ちょっとおしゃれなファッションである。

「そっか。気に入って貰《もら》えたなら選んだ甲斐《かい》があったよ」

冷静そうに言うが、オタク君の喜びようを見て口元が緩《ゆる》んでいるリコ。

ちなみに、優愛と一緒にオタク君の靴を選んだ際に、リコはこっそりと同じものを自分用に買っている。

そう、ペアルックである。策士だ。

「でも二人とも、良いの？」

ケーキにプレゼントの香水と靴。

学生の財布事情で考えれば、いや、学生でなくても安い買い物ではない。

「いやいや、普段からオタク君私らに色々してくれたりしてるじゃん？」

「たまにはアタシらが、小田倉にプレゼントさせてよ」

付け爪のプレゼントやメイクなど、上手く行った成功体験例から調子に乗りプレゼントをしたり、メイク道具を買ったりしているオタク君。

一つ一つは高いものではないが、塵《ちり》も積もればなんとやらだ。

なので普段からお世話になっているオタク君にお返しをしたい。

そう思った優愛とリコは、リコの親戚が経営する海の家で短期バイトをさせてもらい、プレゼントを用意したのだ。

「そうなんだ。うん。ありがとう」

「というわけで、今日は宿題とかなしにして遊ぼう！」

「……そうですね」

宿題もしましょうと言いたいところだが、オタク君自身もこの空気で宿題するのはもったいなく感じる。

「それじゃあお皿と包丁、それに飲み物も持ってきますね」

「一人じゃ危ないだろ。アタシも手伝うよ」

「あ、私も！」

なので、ケーキを食べ、それぞれ明後日《あさって》からの文化祭の準備の事や、バイト先でナンパ客がしつこかった等の話をして盛り上がった。

オタク君。今年は色々な友達に祝われて幸せ者である。

夕方まで遊び、優愛とリコは帰って行った。

「今日は楽しかったな」

優愛がリコと帰り、食器を片付けたオタク君。

部屋にはプレゼントに貰った香水と靴が置いてある。

オタク君はそれを見て、早く使いたい反面、使うのがもったいなく感じていた。

「さてと、寝るかな」

夜になり、楽しかった一日を振り返りながら布団に入る。

「……眠れない！」

布団に残った優愛の残《のこ》り香《が》に興奮し、この日はなかなか眠りにつく事が出来ないオタク君であった。

＊＊＊

八月一日。

夏休みだが、オタク君は制服に着替え学校に来ていた。

文化祭準備期間である。

時刻はまだ朝の七時半を過ぎた辺り、普段なら、まだ教室にはあまり人がいない時間帯だ。

「あっ、委員長おはようございます。皆も早いね」

「おはようございます」

だというのに、教室にはクラスメイトがほぼ全員集まっていた。

皆それだけ文化祭を楽しみにしているという事だろう。

「あれ？　クラスメイト半数で二回に分けてやるんじゃなかったっけ？」

そう、夏休みの文化祭準備期間は、八月の前半と後半で二回あるのだ。

なので、各々《おのおの》が前半か後半のどちらかを選択し、半数ずつ登校する話になっていた。

「いやぁ、衣装とか楽しみで冷やかしに来たんだけど、それなら手伝おうかなと思って」

中学の時と違い、高校では文化祭の規模が大きくなる。

そのワクワク感が止められず、ついつい来てしまったのだ。

とはいえ、人手が多くて困る事はない。

余分に来た人員は、他の場所に回せば良いだけだ。

メニューの品書き、教室を飾り付けるための道具、当日どうやって接客をするか、テーブルはどうするか。

始まったばかりなので、やる事は沢山ある。

「ところで小田倉、鬼殺《きさつ》の衣装は持ってきたか？」

「うん。とりあえずＳ、Ｍ、Ｌのサイズで一着ずつ作ったから、着用して問題なかったら、それぞれサイズを記入してくれるかな」

「おおおおおおおおおおお！！！」

オタク君が衣装を取り出すと、一気に人だかりが出来た。

皆が我先にと駆け出す。

普段ならコスプレというと、皆少し遠慮がちになるが、それが許された場があるなら話は別になる。

本当は誰もがちょっとやってみたかったりするものだ。

誰が最初に着るかの話になり、誰もが自分が先に着ると主張し始める。

となると起こるのは、じゃんけん大会である。

「いや、先に女子に着てもらってからの方が良いんじゃないかな。男子が着た後は嫌だろうし」

白熱するじゃんけん大会だが、オタク君の一言ですぐさまクールダウンする。

普通に考えて、レディーファーストをするのが当然である。

一旦着替えのために、女子たちがオタク君の作った衣装を持って女子更衣室へ向かった。

先ほどまで我先にと叫んでいた男子だが、女子が先に着る事に関して誰一人文句は言わない。

（女子が着た後のか、悪くないな）

（これ、最初に着たいって言ったら変な目で見られそうだよな）

そして、誰も自分が最初に着たいと言い出さなくなった。

思春期である。

そんな思春期の少年たちが、女子のいない教室で集まると会話は恋バナに向かって行くのは当然だろう。


「そういや、小田倉って鳴海《なるみ》と付き合ってるの？」

「きゅ、急になんだよ。そんなわけないだろ」

「だってお前らいつも一緒にいるじゃん？」

「そうそう。小田倉くらいじゃね？　鳴海さんがあだ名で呼んでるの」

必死に弁明するオタク君。

だが、はいそうですかと言ってすぐに引いてくれるほど思春期は甘くない。

「実際鳴海さんとどこまでいったか教えろよぉ～」

「ん？　呼んだ？」

バンッと教室のドアが開けられた。

どうやら優愛は今登校してきたようだ。

「えっと、女子は更衣室で衣装を着てるので、鳴海さんも行った方が良いよという話です」

「あっ、そうなんだ。ってかオタク君衣装もう作ったの⁉　早くない⁉」

「そんな事ないですよ。次は男子が着るので早く行った方が良いんじゃないかな？」

「そっか、分かった。それじゃあまた後でね」

そのままドアを閉め、タッタッタと足音が遠のいて行く。

からかっていたら、突然の本人登場に驚いたのはオタク君だけではない。

男子たちもだ。

オタク君相手なら同性のノリで言えるが、優愛本人の前で言えるほど彼らも女性慣れしていないのである。

「そ、そういう田所《たどころ》こそ、最近宮本《みやもと》さんにちょっかいかけてばかりだけどどうなんだよ」

「そういや田所、事あるごとに宮本さん気にかけたりしてるよな！」

「はぁ？　ちげーし。幼馴染《おさななじ》みだから声かけてるだけだし」

「幼馴染みって事は、そのまま付き合っちゃうんじゃないの？」

「そんなわけねぇだろ。じゃあ言わせてもらうけど、お前だってこの前、橘《たちばな》に手握って貰って顔真《ま》っ赤《か》にしてたじゃねぇか！」

「俺のは手の大きさ比べしてたら、橘さんが握ってみたいって言うから握っただけだし」

「言われて握るか普通？」

気が付けば、誰々が何をしていたかの大暴露大会になっている。

誰かがチクれば、チクり返される。

ただ消しゴムを貸しただけでも「好きなんじゃないの？」と言い始める始末だ。

戦火は燃え広がって行く。

だが、男たちの戦いも、ついに終止符を打たれる事になった。

「おーい、女子のサイズ合わせ終わったよ」

女子たちの帰還である。

先ほどまでの会話がピタリとやんだ。

流石《さすが》に女子の前で言う勇気は、誰も持ち合わせていなかった。

「あれ？　さっきまでうるさかったのに急に黙ってどうしたの？」

「い、いや。おぉやっと俺たちも着られるぞ！」

「わー、早速着ようぜ！」

必死にテンションを上げる男子たち。

女子から衣装を受け取ると、我先にと男子更衣室へと向かって行った。

「オタク君は行かなくても良いの？」

「ええ、僕はもう試着してるので」

今の状況で行けば、男子更衣室で恋バナの第二ラウンドが始まり、また巻き込まれるだろう。

オタク君、賢明な判断である。

教室に残ったオタク君。女子に囲まれハーレムである。

「それじゃあ男子たちが戻るまでに、作業分担どうするか決めましょうか」

とはいえ、変な気を起こすようなオタク君ではない。普通に女子に交じり文化祭の計画を話している。

今あるものでも、ある程度準備は出来るが、買い足さなければいけない物も出てくる。

食材は文化祭の前に買うとして、それ以外に何が必要か確認を始める。

「まずはこれだけ買い出しが必要か。悪いけど小田倉君と優愛行って来てくれる？」

村田《むらた》（姉）が何気なくオタク君と優愛のペアで買い出しを提案する。勿論二人をくっつけるためだ。

特に特別な理由もないので、反対をする人は誰もいない。

そう思われた。

「いえ、お金の管理があるので、ここは委員長である私が小田倉君と行きますよ」

委員長である。

クラスメイトから集めたお金。それなら確かに委員長が管理するのは間違っていない。

それに衣装を作るための生地を買うのなら、オタク君がいなければ分からないだろう。

全ては理にかなっている。故に村田（姉）反論が出来ず。

「そっか、それじゃあ、オタク君と委員長よろしくね」

当の優愛もこの通りである。

私も一緒に行きたいと言えば、一緒に行けたかもしれないのに。

（うふふ。小田倉君と一緒にお買い物。二人きりだからいっぱいおしゃべりできる）

いや、行きたいと言っても、なんだかんだ言って委員長に言《い》い包《くる》められただろう。

男子生徒が戻ってきた後に、どのサイズが希望か全員が記入し、全員分作るのに必要な材料をオタク君が計算する。

「買い出しメモも持ったし、それじゃあちょっと行って来るね」

「では、行ってきます」

「二人とも行ってらっしゃい」

＊＊＊

「小田倉君。この前の新刊読みました？」

「ええっ、原作とは全く違うストーリーになってて、読んでてハラハラしましたよ」

「そうそう。主人公が助けに来たところとか良いよね。『俺ならお前らがピンチになる前に駆けつけてやるよ』とかカッコ良かったですよね」

「あのセリフ本当にカッコいい。主人公の強さとカッコ良さがにじみ出てますよね」

オタク君と委員長が、仲良くおしゃべりをしながら商店街を歩いている。

会話の内容は、最近出た漫画の話だろう。

二人は普段隠れオタクなので、日直で朝早く来た時か、帰りの教室に誰もいなくなった時くらいしかこのような会話が出来ない。

だが、今日は周りに知り合いは誰もおらず、好きなだけオープンに会話が出来るのだ。

会話が弾《はず》む二人。

何かの漫画の話をしていると、思い出したように「そういえば」と言いながら別の漫画の話が出てきたりして、永久ループ状態になっている。

オタク君は普段からネットでもその手の会話をしたりしている。

だが、レスポンスが即飛んでくるリアルの方が、やはり話していて楽しいのだろう。

勿論チョバムやエンジンともその手の話はするが、二人は変なところで拗《こじ》らせているせいで地雷が多い。

なので、地雷が少ない委員長との会話が、オタク君にとっては一番落ち着くのである。

あのシーンが良かった、このシーンは感動した。

一つ一つ表情を変えながら語るオタク君と委員長。

時に頷《うなず》き、時には反対の意見を出しながらも、二人は会話を続けていた。

楽しい時間はあっという間に過ぎていくもので、気が付けば買い出しは終わっていた。

買い出しの時間はそこそこあったが、それでも二人にとっては話し足りない。

「あっ、コラボカフェやってる。委員長、良かったらちょっとだけ入っていきませんか？」

オタク君。空気を読んだナイスな提案である。

「小田倉君は悪い子ですね。これは委員長として見張らないといけないようです」

そう言って、二人は笑いながら入店していく。

コラボカフェは今やっているアニメのコラボで、店内にはアニメで使われた原画などが展示されている。

メニューも作中のキャラに合わせたもので、値段は……まぁコラボカフェなので少々割高だ。

だが、ドリンクメニューならば多少高いとはいえ、喫茶店で頼むのとそう大した差はない。

それぞれが好きなキャラのイメージドリンクを注文した。

「思った以上に真っ白《まっしろ》なのが来ましたね」

「僕のは返り血のイメージで真っ赤ですよ」

「あっ、一口貰って良いですか？」

「良いですよ、どうぞ」

周りから見たら、オタクの学生カップルにしか見えないほどのリア充っぷりである。

普段と違い、オタク君はかなりの出来る男になっている。

気付けば小一時間ほど話し込み、入れ替わりの時間になっていた。

「まだ話し足りませんが、帰りましょうか」

「そうですね。あまり遅いと不良になったと思われちゃいますし」

「ははっ」

委員長のド派手なピンク頭が既に不良な気がするが、笑って誤魔化すオタク君。

会計をすませ、店を出た。

二人が店を出ると、昼食時が近いせいか、人混《ひとご》みは入店時の倍以上になっている。

「委員長、はぐれるといけないので手を出してください」

「はい」

しっかり手を繋《つな》ぎ、完璧なエスコートをするオタク君。

本当に彼がオタク君なのか疑うほどである。

流石に手を握るのは恥ずかしいのか、二人ともやや俯《うつむ》きがちで、会話も少し余所余所《よそよそ》しい。

とはいえ、そんなのは最初の内で、慣れてくるとまたいつもと変わらないテンションで会話が始まった。

どう見てもカップルにしか見えないオタク君と委員長。

だが、彼らの間に恋愛感情は存在しない。

(どうせ僕みたいなオタクじゃ、興味持たれないだろう)

(私みたいな陰《いん》キャに、小田倉君が惚《ほ》れるわけないよね)

お互い似た者同士、なので二人の相性はとても良い。

だが、あまりにも陰に傾いているために恋愛感情が発生しないのだ。

故に、距離感がバグってしまっている。

完全に居心地のよい距離になりすぎて、もはや相手を異性と見ているのかすら怪しい。

どちらかが少しでも恋愛感情を抱いていれば、違う結果になっていただろう。

「戻りましたー」

「オタク君たち遅くない？」

「いえ、買い出しに手間取っちゃいまして」

「ほんと～？」

「本当ですけど、何か？」

「それなら良いけどさ」

学校に戻った委員長は、いつもの口下手無表情モードに戻っていた。

良いと言った優愛本人は、納得していない表情だ。

（オタク君、委員長と手を繋いで校門まで歩いてた……なんかモヤモヤする）

「オタク君、今度プール行こ！」

「ん？　良いですよ？」

「あと海も行きたい！」

「そうですね」

「それにキャンプと映画！」

「流石に宿題もあるから、全部は無理ですよ」

優愛が何故《なぜ》不機嫌そうにしているのか、オタク君には知る由《よし》もなかった。

「むぅ……」

＊＊＊

夜、オタク君は自分のベッドで横になりながら今日の文化祭準備の事を思い出していた。

「文化祭の準備をしている時の優愛さん、なんだか不機嫌だったな」

優愛が唐突にどこかへ行こうと提案してくるのは、今に始まった事ではない。

だが断られて、あからさまに不機嫌そうな顔をする事は今までなかった。

「もしかして」

そう、オタク君は鈍感だが、気遣いが出来ないわけではない。

「夏っぽい事をまだしてないから、何か夏っぽい事をしたくて堪《たま》らないんだな！」

鈍感と気遣いの合わせ技である。

「そうだな、夏っぽい事……そうだ」

オタク君はスマホを取り出し、グループチャットの画面を出した。

優愛とリコがいるグループだ。

『明日の夜、優愛さんの家の近くの公園で花火しませんか？』

『ごめん、アタシは親戚来てるから無理』

『やるやる！　何時からやる⁉　ロケット花火は何発打ち込む⁉』

「ははっ、ロケット花火って。優愛さんらしいな」

スマホの画面を見つめ、苦笑するオタク君。

『ロケット花火は近所から苦情がきそうなので、あまり音が出ないモノにしましょう』

音もそうだが、飛んでいった残骸《ざんがい》を探し片付けるのも大変そうなので、その辺を考慮してである。

『オッケー。花火はもう買ってある？　ないなら明日一緒に買いに行こうよ』

『良いですよ。では文化祭の準備が終わったら行きましょうか』

『うん。超楽しみ！』

オタク君の勘違いではあるが、結果優愛の機嫌が直ったのでヨシである。

翌日の文化祭の準備では、「オタク君オタク君」と言ってオタク君の後をついて回り、一緒に仕事をしている優愛の姿があった。

「ってか花火買いすぎじゃね？　二人で三袋ってどんだけやる気よ」

「流石に多いですよね。半分くらいに分けて、残りは今度リコさんも誘って三人でやりましょうか」

帰り道、花火が大量に入った袋をオタク君が二つ、優愛が一つ持っていた。

最初は手に持つタイプが何種類か入った物を選んでいたのだが、優愛が打ち上げ花火を見始めてから流れが変わってしまった。

打ち上げ花火をキラキラした目で見るのは優愛だけではない。オタク君もだった。打ち上げ花火に興奮しない男の子はいない。仕方のない事である。

そうして気がつけば、あれもこれもと買ってしまう始末だ。

「だね。ってかこれほとんど打ち上げ花火なのウケる！」

「まぁ、かさばりますからね」

事前に外で夕食をすませる事を家族に伝えてあるオタク君。

夏は暗くなるのが遅い。暗くなる時間までに食事をすませておかないと空腹で花火をする事になってしまう。

なので優愛の家にお邪魔して、夕飯を頂く事にした。

ファミレスに行く予定だったが、花火で思った以上に出費してしまったので自炊である。

「ゆ、優愛さん、僕が夕飯作りますね！」

「えっ、マジで⁉　料理あまり得意じゃないから助かる」

料理を作ると言って、包丁を両手持ちで出て来た優愛。オタク君マジビビリである。

いや、普通に考えれば誰でも怖いだろう。傍《はた》から見ればオタク君危機一髪でしかない。

作ったのは冷蔵庫にあった冷や飯と卵、豚肉を炒《いた》めたチャーハン。

オタク君は凝《こ》った物を作れなくもないが、今日のメインは花火である。

なのでさっと作れてさっと食べられる物がベストである。

「行きましょうか」

「うん。どれ持って行こうかな」

選び抜いた花火を持ち、公園までやって来たオタク君と優愛。

公園には花火を楽しんでいる家族が見える。

家族連れとは少し離れた場所で準備をするオタク君と優愛。

「あれ？　家族連れの人はいなくなったのかな？」

「こっちが準備してる間に帰っちゃったね」

多分、若いカップルに配慮してだろう。

もしかしたら子供に見せられないような事をすると思われたのかもしれない。

「それじゃあ、始めようか」

「うん」

花火に火をつけるためのろうそくと、燃《も》え殻《がら》入れのための水が入ったバケツを置いて準備完了。

二人はそれぞれ手に持った花火に火をつける。

「オタク君見て見て、綺麗《きれい》っしょ」

「おぉ、じゃあ僕も負けずに」

二人して両手に花火を持って、ぐるぐると無邪気に回す。

回すたびに美しい円が軌跡を描く。

「オタク君、線香花火対決しよう」

「良いでしょう。受けて立ちますよ」

「よーし、オラオラ、食らえ」

「そんなプラプラさせたら自分のが落ちちゃいますよ」

「その前に叩き落としてやる、オラオラ……あっ」

線香花火をブラブラと揺らし、オタク君の線香花火に攻撃する優愛。

そんな事をすれば、さっさと落ちてしまうのは当然である。

「もう一回勝負！」

「何度やっても同じですよ」

線香花火対決は、結局優愛の全敗で終わってしまう。

そして、締めは打ち上げ花火だ。

「あれ？　シケってるのかな？」

打ち上げ花火の導火線に火をつけたが、中々飛び出さない。

おかしいなと思い優愛が近づこうとした時だった。

「あっ！」

「危ない！」

ボンッという音と共に、閃光が空高く打ちあがる。

後ずさり転びそうになった優愛。すかさずオタク君が後ろから抱きしめる。

「えへへ、ありがとう」

「えっと、どういたしまして」

打ちあがる花火を、オタク君と優愛は見上げていた。

優愛が少しだけ体重をオタク君に預ける。

この体勢で抱きしめる腕を緩めれば、優愛は転んでしまうだろう。

(どうしよう。腕に胸が当たってるけど良いのかな)

ドキドキが止まらないオタク君。花火はすでに終わっていた。

「星、綺麗だね」

「えっ、あっはい。今見えるのが夏の大三角形と言われるデネブ、アルタイル、ベガで、丁度天の川にそって見える星がはくちょう座、わし座、こと座ですよ」

思わずオタク特有の早口が出てしまう。

別に星が説明したかったわけではない。

ただこのドキドキしている状況を、どうにか誤魔化そうとして、思わず聞かれてもいない星の説明をしてしまっただけである。

本当は指を差したいところであるが、両腕は優愛を抱きしめたままキープである。

「へー……ねぇねぇ星座って昔の人が考えたんだよね」

「そうですね。確か今から三千年以上前ですね」

「それじゃあさ、私たちも星座考えたら、遠い将来それが語り継がれたりするのかな」

「ど、どうなんでしょう。文献に残せばあるいは？」

「そっか、じゃああっちが優愛座で、こっちがオタク君座ね」

「なんですかそれ」

「ほら、オタク君座はメガネっぽいでしょ。優愛座はゆあってひらがなっぽいし」

「そんな風に見えますか？」

「少なくとも琴《こと》やワシよりはマシじゃない？」

「確かに」

言われてみれば、琴やワシよりは、そっちの方が分かりやすく見える気がする。

「……そろそろ帰ろっか」

「はい。じゃあ片付けしましょうか」

花火の残骸を持ってきた袋に仕舞《しま》い、オタク君は優愛を家に送り届けてから帰路についた。

(優愛さん、優愛座とオタク君座、それぞれベガとアルタイルを指差してた気がするけど気のせいだよね)

ベガは織姫《おりひめ》、アルタイルは彦星。

日本で特に有名な恋物語の一つである。

(まさか、偶然だよね)

そんな風に思いながらも、まだ腕に残った優愛の感触に、オタク君はドキドキするのであった。

その頃。

「どうしよう。ヤバイ」

部屋に戻り、布団を頭からかぶった優愛は赤面していた。

後ろからオタク君に抱きしめられた時に、優愛はオタク君の心臓の鼓動が速くなるのを肌で感じていた。

オタク君のドキドキは、優愛には完全にバレバレだったようだ。

オタク君のドキドキが伝染したかのように、自分もドキドキし始めた優愛。

そして思わず織姫と彦星を、優愛座オタク君座などと言ってしまった事に対し、今更《いまさら》羞恥心《しゅうちしん》を感じているのだ。

「……私、オタク君の事好きかもしれない」

＊＊＊

「オタク君オタク君。次は何の準備する？」

「そうですね。メニュー表は今女子がやってるし、衣装は皆で集まった時に作るので、輪飾りを作りましょうか」

「うん」

輪飾りは、折り紙を細く切って輪っかを作るアレだ。

凝った造りの物は美術部員のクラスメイトが作ってくれるので、簡単な飾りをオタク君たちは作り始めた。

本番を意識したレイアウトにしているが、いくら飾っても物足りなく感じてしまうのだろう。

それぞれが思い思いに飾りつけを考えると、次から次へと追加されていく。

教室はカラフルを通り越して、若干カオスになっている。

そんなごちゃごちゃとした教室だが、誰から見ても楽しい雰囲気が感じられる。

これぞ文化祭の喫茶店といった感じである。

「オタク君オタク君。どうよこれ、世界記録じゃね？」

「いやいや、長くしすぎですよ。これじゃあ飾ろうにも床についてしまいますよ」

折り紙同士を貼《は》り付《つ》け、二メートルはありそうな、カラフルな輪っかが完成している。

「あはは、確かに。これどうしよう」

「そうですね……そうだ、試着用に作った衣装を貸し衣装にして、この輪っかを背景にした撮影スペースにすれば面白そうじゃないですか？」

「おお、確かに必殺技出してる感じが出るかも」

「後で使えるか僕が委員長に聞いておくので、これはこのまま置いておきましょうか」

「うん」

普通に話しているように見える二人だが、今日はちょっと様子が違っている。

優愛が事あるごとに「オタク君オタク君」と言いながら、引っ付きたがるのだ。

作業しているオタク君の背中に張り付いて、何をしてるのか見たりと、積極的である。

というのも、優愛はオタク君の事が好きかもしれないと意識してしまった。

結果、自分がどのくらいの距離感だったか分からなくなっているのだ。

(わ、私普段こんな感じだったよね)

急に意識してオタク君から距離を置いたりしたら怪しまれるかもしれない。悲しませるかもしれない。

なんなら嫌われてしまうかもしれない。

そう思って普段通りに接しようとしているが、普段よりもめちゃくちゃ近くなっているのである。

もしここでクラスメイトが男子ばかりだったら、オタク君たちはからかう対象にされていただろう。

しかし女子がいる手前、男子は借りてきた猫のように大人しく二人を見守る事しか出来ないのだ。

下手な事を言って女子の反感を買えば、自分たちが標的にされる。そして口喧嘩《くちげんか》では女子に敵《かな》わない。

なのでひっそりと、機会をうかがいながら、ただ見守るしかないのである。

「おーい、鬼まんじゅうの試作品が出来たぞ」

そんなオタク君たちを見ていたクラスメイトだが、鬼まんじゅうの試作品が出来たと聞くと、オタク君たちへの興味を失ったように鬼まんじゅうに群がり始める。

花より団子である。

「おお、鬼まんじゅう久しぶりに食べたけど凄い美味《うま》いな」

「これだけ美味《おい》しいんだから、文化祭はうちのクラスが優勝じゃない？」

「さっき小田倉たちが貸衣装をやるって言ってたから、かなり客が来ると思うぞ」

普段は勉強をする場で、料理を作り、それを食す。

そんな非日常が、鬼まんじゅうを余計に美味しく感じさせているのだろう。

「オタク君は食べに行かないの？」

「うーん。あの輪に入るのは難しそうだし、まだ作ってるから今は良いかな。優愛さんは？」

「私もオタク君と一緒かな」

なおも鬼まんじゅうに群がるクラスメイトを、全く仕方がないなと温かい目で見ているオタク君と優愛。

先ほどまで同じような目で自分たちが見られていたとは、つゆ知らずである。

「次の鬼まんじゅうが出来るまで時間があると思うので、ちょっとトイレに行ってきますね」

「じゃあ鬼まんじゅうが出来たらオタク君の分も確保しとくね」

「ありがとうございます」

そそくさとトイレへ駆け出すオタク君。

実はちょっとだけ我慢していたりする。女の子の前だからである。

文化祭の準備期間中だけあってか、トイレは大盛況であった。

漏らすほどではないが、出来れば早くしたいオタク君。

どこか空いていないかキョロキョロ見渡すと、廊下の奥側のトイレが誰も並んでいないのが見えた。

「あっちに行こう」

廊下を小走りするオタク君。

トイレに入ろうとするが、中から聞こえる声に、思わず立ち止まってしまう。

「なぁ、E組の鳴海優愛って良くね?」

「あぁ、分かる。なんかエロい見た目してるよな」

「ショボイオタクみたいな奴に胸を押し当ててたりするの見かけるし、絶対ヤリマンだぜあれ」

「俺、今度『やらせて』って頼んでみようかな」

なおも卑下《げび》た会話は続いて行く。どんな体位でやりたいか、３Ｐしようぜ等と、オタク君からすれば聞くに堪《た》えない内容だ。

オタク君、軽く深呼吸をしながらトイレへと入っていく。

「うおっほん」

わざとらしい咳払《せきばら》いだ。

だが効果は抜群《ばつぐん》だったようで、中で話していた二人組は「やべ」と言いながら逃げ出した。

正直喧嘩になれば勝てる自信はなかった。筋肉があるといっても、オタク君のは伊達《だて》筋肉なので。

それでも引けない何かを感じ、突入してしまったのだ。

（でも、あいつらの言う事も分からなくはないんだよな）

普段から自分にべたべたしてくる優愛。その無邪気さにオタク君は危うさを感じていた。男女分《わ》け隔《へだ》てなく優しいから、そういう勘違いを生んでしまう。それは優愛の良いところでもあり、悪いところでもある。

（そうだな。その辺はさり気なく注意しようかな）

悶々《もんもん》とした気持ちを胸に、教室に戻るオタク君。

教室に戻ると優愛が出迎えてくれた。

「遅かったじゃん。オタク君の分も貰っといたよ。はいこれ」

「ありがとうございます」

紙皿に載った鬼まんじゅうを差し出され、受け取り頬張《ほおば》るオタク君。

アツアツの鬼まんじゅうの甘さが口の中に広がるが、オタク君の気持ちは晴れない。

不意に、オタク君の腕に優愛の肩が触れた。

お互いが触れ合うような距離で、優愛が鬼まんじゅうを食べ始めたのだ。

（やっぱり言うべきだよな）

こんな風に体を触れさせれば、相手に勘違いをさせてしまうだろう。

しかし教室の皆がいる前で、聞こえるように言うのは流石によろしくないだろう。

だからオタク君は、こっそり優愛に耳打ちをする。

「優愛さん。僕以外の男の人にベタベタしたらダメですよ」

「は、はひ⁉」

「分かりましたか？」

顔を真っ赤にして、ブンブンと首を縦に振る優愛。

僕以外の男性にそんな事をしたら勘違いされるから、下手に男の人にベタベタしたらダメですよ、という意味で言ってるのだが、オタク君、完全に言葉が足りていない。

誰もが突っ込まずにはいられないだろう。

勘違いさせているのはどっちだ。と。

閑話　［ときめきの思い出］

「オタク君、ここってどうやって縫《ぬ》うの？」

「ここは返し縫いをしていくだけですよ」

クラスメイトが全員揃《そろ》った文化祭準備期間。

オタク君がクラスメイト全員分の型紙を用意し、衣装作り講座を始めた。

まぁ作ると言っても文化祭と体育祭の間だけ使えれば良い物なので、とても簡素な作り方になっている。布を張り合わせただけ、そんな表現が似合いそうな物だ。

小学校の時に家庭科でやったエプロン作りくらいの難易度なので、誰でも簡単に作れますよと説明したオタク君。

作り方を聞いたクラスメイトがそれぞれ手縫いで布を張り合わせていく。

人数分のミシンを用意するのも、ミシンの使い方を説明するのも時間がかかるために手縫いである。まぁ、多少は時間がかかっても、手縫いなら確実に出来る。

だが、実際はクラスメイトの半数近くが、作業を難航させていた。

優愛《ゆあ》もその一人である。

「オタク君マジうまっ！」

「これくらいなら、優愛さんも練習すればすぐ出来るようになりますよ」

オタク君の両肩に手を置き、後ろから覗《のぞ》き込《こ》みはしゃぐ優愛。

針を扱っているので大変危険である。

だがオタク君は優愛のスキンシップに全く動じる様子もなく、針が優愛に当たらないように位置を調整しながら縫っていく。完全に集中モードに入っている。

そんな二人の様子を見せつけられるクラスメイト。となると起こるイベントは決まっている。

「田所《たどころ》、アンタどうせ不器用だから全然進んでないんでしょう」

「うるせぇ宮本《みやもと》。気が散るからあっち行けって」

「小学校の時も、エプロンが完成しなくてお母さんに作って貰《もら》ってたよね」

「あーもう。そんなの昔の話だろ」

オタク君のクラスメイトの田所と宮本。

二人は幼馴染《おさなじ》みのようで、昔の事で宮本が田所をいじっているようだ。

「ほら貸してみ。やってあげるから」

「チッ、ほらよ」

「全く。こんな事してくれるの、幼馴染みの私くらいよ？」

「はっ、そんな幼馴染みよりも、小田倉《おたくら》みたいに可愛《かわい》い彼女が欲しかったな」

「ふーん。じゃあ可哀《かわい》そうだから私がなってあげようか？　田所がどうしてもって言うならだけど」

「ハッ、言ってろ。宮本がどうしてもって言うなら、考えてやっても良いけどな」

二人にとってはいつもの口喧嘩《くちげんか》である。だが、今日は違った。売り言葉に買い言葉とはいえ、恋人になってあげようかとお互いに言ってしまったのだ。

「「…………」」

どちらも口にした後に「しまった」という顔をして無言になってしまう。

俯《うつむ》き顔を赤くしながらも裁縫を続ける宮本に、赤くなった顔を背けた田所が話しかける。

「い、良い感じの喫茶店見つけたからよ。帰りに寄って行かないか？」

「……どうしてもって言うなら、良いけど」

「裁縫のお礼がしたいから、どうしても、かな」

「そっか。うん、良いよ」

そう、甘酸《とき》っぱい青春《めき》の一《メ》ページ《モリアル》である。

普段は勉強をする学び舎《まなや》で、日常とはかけ離れた非日常の文化祭準備期間。

思わず告白まがいの事を口にしてしまったのは、そんな空気のせいだろう。

そんな二人を見て、遠巻きにからかう者たちがいる。

「うわっ、田所たちこのまま付き合うのかな」

「何言ってんの、前々からそんな空気出てたし今更じゃない」

「マジかー、良いなー」

「ほんと、羨《うらや》ましいわよね」

（ここで橘《たちばな》さんに「じゃあ俺たちも付き合おっか」と言ったらどうなるだろ。でも振られた時に「冗談で言っただけだし」って言っても通じないよな）

（あーもう井上《いのうえ》、ここは冗談でも「俺たちも付き合おっか」って言う場面でしょ、何やってんのよ）

「橘さんも恋人欲しいなって思ってるの？」

「そりゃそうでしょ！」

お互い好き合っているのに素直になれず、相手に好きと言わせるための恋の駆け引きが始まってしまっている。これも、甘酸っぱい青春の一ページ《ときめきのメモリアル》である。

そして、男同士でつるんでる三人組。

「おうおう、あいつら青春してんな」

「そういう浅井《あさい》だって、隣のクラスに好きな子いるんだろ？」

「ちょっ、なんで知ってるんだよ！」

「ほほう。樽井《たるい》、詳しく！」

恋愛には興味ありませんといわんばかりだった浅井だが、樽井と呼ばれた少年には意中の相手がいる事がバレバレだったようだ。

「聞いてくれよ池安《いけやす》、コイツ隣のクラスのさ」

「わー、やめろ！」

必死に止めようとするが、それだけドタバタすればクラスメイトの注目を集めてしまうというもの。

浅井の好きな人は隣のクラスにいる。結局この騒動でクラスメイト全員に知られる事になる。

「それで今度の日曜日、その子とその友達二人誘って遊びに行く事になったんだけど、お前らも来るか？」

「お、行く行く。浅井も当然行くだろ？」

「い、行ってやらんでもない」

その後も恋バナで盛り上がる三人組。彼らも、甘酸っぱい青春の一ページ《ときめきのメモリアル》である。


文化祭準備期間。

それは一年で最も、甘酸っぱい青春の一ページ《ときめきのメモリアル》が発生する時期である。

学校中のあちこちで、甘酸っぱい青春の一ページ《ときめきのメモリアル》が発生している。

普段は授業の始まりと終わりを告げるだけのチャイムでさえも。

（チャイムが鳴ったら、告白する！）

（チャイムが鳴ってる間に、クラスメイトにバレないように校舎裏に呼び出そう）

（チャイムに合わせて好きって言ったら、バレないで告白できちゃうかな）

このように、甘酸っぱい青春の一ページ《ときめきのメモリアル》になるのである。

そんな甘ったるい空気とは無縁の第2文芸部室。中にいるのは、チョバムとエンジンの二人だけだ。何やら人間サイズの人型ロボットのような物を組み立てている。

文化祭で出す展示物だろう。

「はー、どこもかしこもリア充ばっかりで嫌になるでござる」

「リア充はイッテヨシですぞ」

お互いに女っ気がない事をグチグチと言っているが、表情は明るい。

「彼女がいないのは寂《さび》しいでござるが、エンジン殿と作業するのは楽しいでござるよ」

「チョバム氏、そんな事言われたら恥ずかしくてアボーンしてしまいますぞ」

なんだかんだ言いながらも、文化祭の準備をする作業は楽しいのだろう。

「小田倉殿も呼べばよかったでござるな」

「そうですな。とはいえ、小田倉氏には鳴海《なるみ》氏や姫野《ひめの》氏がいるから、完成まではそっちの相手をさせてあげようですぞ」

「そうでござるな。完成間際に呼んで、『手伝えなくてごめん』と申し訳なさそうな顔をする小田倉殿が目に浮かぶでござる」

そう言って、チョバムとエンジンは少し笑う。

彼らもまた、甘酸っぱい青春の一ページ《ときめきのメモリアル》であった。

第７章

文化祭の準備もある程度は終わり、夏休みももう半分が終わる時期。

セミの鳴き声すら聞こえなくなるような猛暑の中、オタク君は部屋でクーラーをつけて優雅に過ごしていた。

文化祭、体育祭で使う衣装についてはクラス全員が何とか完成させた。

鬼まんじゅうも試作品は問題ない出来だ。残りは体育祭の応援合戦だが、これは夏休み後半の準備期間に練習する事になっている。

なので、オタク君は何の憂慮《ゆうりょ》もなく、部屋でだらだらしていた。

『商店街でコスプレ祭りやるんだって！　見に行かない⁉』

オタク君のスマホの着信音が鳴り、画面を見ると優愛《ゆあ》からのグループメッセージが表示されている。

「コスプレ祭りか。そういえば一回も行った事がないな」

二日間にわたり、商店街をコスプレＯＫにした大規模なお祭りで、世界中からコスプレイヤーが集まる日本最大級のイベントである。

各国代表のコスプレイヤーがパフォーマンスを行い、どの国のコスプレイヤーが一番か選ぶコンテスト的なものもある。

年二回の有明《ありあけ》で行われるイベントに匹敵するほどのオタク向けイベントではあるが、オタク君はいまだに足を踏み入れた事はない。

何故《なぜ》か？　単純に子供のお小遣いでは交通費だけでも高くつくからだ。

では電車やバスを使わなければ良いのではと思うが、外の気温は軽く四十度を超えている。太陽光をもろに浴びたアスファルトは熱を帯び、実際の温度はもっと高くなる。

そんな中、家から自転車で行くのは、自殺行為である。

だが今年のオタク君は違う。定期券があるのだ。

家から学校の中間地点にある商店街なので、定期券でいつでも実質無料で行けるのだ。

『興味はありますね。行きますか？』

『いや、ちょっと待った』

ちょっと待ったコールをかけたのは、リコだった。

『優愛、あんた遊んでばっかりだけど宿題は終わったの？』

まるで母親のような言いぶりである。

対して優愛の反応はない。何度も書いては消してを繰り返しているのだろう。

メッセージを書いている「……」マークが表示されては消えてを繰り返している。

『半分くらい？』

やっと出てきたメッセージは、疑問形だった。

オタク君は一連の流れで直感する。これは多分やっていないやつだ、と。

『半分って、全体の半分って意味ですよね？』

『英語が半分くらい』

『それ以外は？』

『半分の半分くらい？』

つまり、あまりやっていないという事である。

スマホの画面を見て、ため息を吐《つ》くオタク君。

『オタク君やリコはどうよ？』

『ほとんど終わっていますよ』

オタク君は八割は終わらせている。真面目なので。

『アタシは全部終わらせたよ』

リコはもっと真面目であった。この中で不真面目なのは、優愛だけである。

そんなやり取りがあり、コスプレ祭りにはオタク君とリコの二人で行く事になった。

優愛は家で宿題である。今日中に半分まで終わらせれば翌日のコスプレ祭りは三人で行こうと約束している。

「これは凄い熱気だな」

商店街に近づくにつれ、体感温度が上がっていくのを感じる。

人が多いせいか、場所的に熱しやすいせいかは分からないが、オタク君はサウナのような暑苦しさを感じていた。

普段からコスプレや奇抜《きばつ》な格好をしている人が多い商店街ではあるが、今日は普段とは比にならないほどのコスプレイヤーで溢《あふ》れている。

色々なコスプレイヤーがいるが、レベルの高いコスプレイヤーの周りには人だかりが出来たりもしている。

レベルの高い人もいれば、ただ衣装を着ただけの人もいる。なんなら女子高生のキャラのコスプレをしたおじさんだっているくらいだ。

だが、コスプレのレベル関係なしに、誰もが笑顔で楽しんでいる。どんな人のどんなコスプレでも受け入れられている証拠だろう。

「噂《うわさ》に聞いていたが、思った以上に凄いな」

商店街の入り口から見ただけでも凄い数だというのに、これが商店街の中に入ればさらに多くなる。

ほぼ冷やかし参加でコスプレもせず、銃器のようなカメラも持っていない。そんな自分が入って良いのだろうかと悩み、立ち止まってしまうオタク君。

「お待たせ。そんなところで突っ立ってると邪魔になるよ。ほらこっち」

思わず立ち止まっていたオタク君を、リコが見つけて人の邪魔にならない場所へ誘導する。

「いやぁ、凄い熱気で圧倒されてました」

「確かに熱気はヤバイな。ってかヤバすぎだろ。何度あるんだよここは」

ちょっと毒づくリコ。見ると額《ひたい》だけでなく、腕や胸元にも汗が大量に噴《ふ》き出《で》ていた。

オタク君も同じように汗が噴き出ている。

優愛からもらった香水のおかげでにおいはある程度誤魔化《ごまか》せているが、このままでは効果がなくなるのも時間の問題だろう。

「やっぱり帰りましょうか？」

「なんでだよ！」

あまりに場違いな上、コスプレはオタクっぽい。なのでリコが嫌がるだろうとオタク君は気遣いをしたつもりだが、逆にリコが怒る結果になってしまった。

しかし、リコが怒るのも仕方がない事だ。何故ならコスプレ祭りを一番楽しみにしていたのは、他ならぬリコだったからである。

アニメや漫画の好きなキャラをコスプレしてる人が見たい。でも行くのはオタクっぽい気がする。

だから「小田倉《おたくら》がどうしても行きたいと言うから、付き添いでついていてきてあげた」。彼女の中ではそういう設定になっているのだ。

なのにオタク君が帰ってしまっては、そんな自分への言い訳も出来なくなる。なので帰られるのは都合が悪かったのだ。

「ほら、明日なら優愛さんもいるから三人で来られますよ？」

「優愛が宿題終わらせてなかったら、どうするんだよ？」

「あー……」

リコの言葉を否定が出来ないオタク君。

だったら優愛が終わっていなければ、明日改めて二人で来れば良いだけではあるが、暑さでそこまで思考が回らないようだ。

「そうですね。二人で見て回りましょうか」

「あぁ、それじゃあ早速写真を撮らせて貰《もら》おうか」

「えっ？」

オタク君は見て回るだけのつもりだったが、リコはスマホを片手にコスプレイヤーの元へ撮影して良いか突撃をしていた。

許可を貰い、喜んで撮影するリコ。その姿を見てオタク君はふと思った。

「リコさんって、割とオタク気質なのでは？」

もしも本人に聞こえていたら、烈火の如《ごと》くキレ散らかされていただろう。

彼女はそう、アニメや漫画を見るのが好きで、その映画を見に行くのも好きで、最近ではコスプレにも興味を持っただけの『普通の』ギャルなのだから。きっと。

「小田倉なにしてるんだ。さっさと行くぞ」

「ちょっと待ってください。水分だけ先に取りましょう」

近くの自販機で水を購入し、二人は商店街へ入って行った。

＊＊＊

商店街を歩きながら、気になったコスプレイヤーがいたら、写真を撮って良いか声をかけるリコ。

コスプレの優劣に拘《かかわ》らず、有名な作品のキャラばかり撮っている。

中には撮影希望者の列が形成されているので、諦《あきら》めたりもしたが、満足そうである。

「リコさんもコスプレしてみます？」

「はぁ、何言ってんだ。アタシがやっても似合わないよ……チビだから似合うものもないだろうしさ」

「そんな事ないと思いますよ？」

「そんな事あるよ。それに……」

リコが喋《しゃべ》っている最中に、言葉が遮《さえぎ》られた。

「おーい、小田倉」

リコとオタク君の会話を遮ったのは、オタク君のクラスメイトだ。

「山崎《やまざき》か、おはよう」

オタク君のクラスメイトに出会い、動揺するオタク君とリコ。

夏休みにクラスが違う男女が二人きりでイベントに来てるのだ、どんな風にからかわれるか分かったものではない。だが、オタク君とリコの不安は杞憂《きゆう》に終わる。

「さっきさ、鬼殺《きさつ》の幹部がいたのよ幹部！　それであまりにスゲーから写真撮らせてもらったんだわ」

山崎はオタク君とリコが二人っきりの事など気にも留めず、興奮しながらスマホを取り出し、写真を見せる。

どうやら興奮のあまり、山崎の目にはオタク君しか映っていないようだ。

山崎のスマホを覗《のぞ》き込《こ》むオタク君とリコ。そこには、鬼殺の刃《やいば》というアニメに出てくる炎使いの幹部のコスプレをした人の写真が写っている。

「確かに凄いな」

「だろ？　もはや本物が出てきたようにしか見えないだろ⁉」

「うん。相当凝《こ》ってるよこれ」

「そうそう、それでお願いがあるんだわ」

もじもじしながら、やや上目づかいでオタク君を見つめる山崎。

男がやってもキモイだけである。

「この人にどんな風に化粧したかとか教えて貰ったんだけど、さっぱり分からないんだわ。俺文化祭でこの人みたいになりたいんだけど出来るか？」

そう言って山崎は一枚の紙をオタク君に手渡す。

どうやらどんな化粧をしたか教えてもらい、メモを取っておいたようだ。

「なるほど」

メモの内容を見て「これは、いや、そういう事か」などとブツブツと呟《つぶや》きながら目を通していくオタク君。

全部見終わり、軽く頷《うなず》いた。

「うん。この写真の人には敵《かな》わないけど、ある程度なら出来るよ」

「「マジで⁉」」

驚きの声を上げたのは山崎だけではない。リコもだ。

普段オタク君に化粧してもらう機会はあるが、確かに化粧のレベルは高い。

しかし、写真に写るコスプレイヤーは、もはや化粧というレベルを超えている。だというのにオタク君は出来ると言ったのだ。

だが、オタク君からすれば、化粧は限られた道具とおしゃれの枠を飛び出さないようにしなければいけない縛りプレイ。

キャラに近づけるためなら道具の使用は何でもありで、不自然な髪型にしてもＯＫなコスプレの方がむしろやりやすいまであるのだ。

「小田倉頼む、俺にこのメイクをしてくれ！」

「分かりました、でも道具がいくつか必要なので……」

ちょっとお金の話はしにくいな。そんな事を考えながら、オタク君がいくらかかるか脳内計算をする。

「とりあえずこれだけ渡しとく。足りなかったらまた言ってくれ」

オタク君がいくらかかるか言う前に、万札を取り出しオタク君に握らせる山崎。

オタク君としては化粧道具はある程度持っているから、後は細かい道具とウィッグくらいなので、かかっても三千円くらいのつもりだった。

「いや、こんなにいらないよ」

「あれだ、余った分は手間賃《てまちん》とかで貰ってくれていい。それじゃあ頼んだぞ」

材料費だけでなく、それに対する手間賃も考えている山崎。良い奴である。

まぁ、本当に良い奴なら女の子と二人きりでいるクラスメイトに声をかけたりしないのだが。

手を振ってもう一度「頼んだぞ」と言いながら去っていく山崎。

山崎が見えなくなったのを確認してから、リコが口を開く。

「さっき言いかけた事だけどさ、こうやって知り合いに会ったら恥ずかしいからやっぱり無理だな」

「あー、まぁそれはあるかもですね」

コスプレしているところを知り合いに見られるのは、確かに恥ずかしいかもしれない。

クラスメイトに見られたりしたら、後日それをネタにからかわれる可能性だってある。

「それなら今度、僕の地元でコスプレのイベントとコラボしてるお祭りがあるので、そこでコスプレしてみませんか？」

　オタク君はリコの言葉を振り返った。

　アタシがやっても似合わない。

　チビだから似合うものもない。

　知り合いに見られたら恥ずかしい。そう言っていた。

　だが、やりたくない。興味がないとは一言も言っていない。

　つまり、本当はやってみたいのだろう。そう推察《すいさつ》した。

「でも」

「ほら、見てください。あそこ」

「ん？」

　そこには女子高生キャラのコスプレをしているおじさんや、原作のキャラとは似ても似つかない体型のコスプレイヤーがいる。

　それでも楽しく笑い合い、他の人と仲良くやっているのだ。

「似合う似合わないなんてどうでも良いんですよ。楽しみましょうよ」

「でもさ」

　否定の言葉を口にするリコだが、言葉に覇気がない。

　歩いている時に、女性のコスプレイヤーを見て羨《うらや》ましそうに一瞬立ち止まったりしているリコに、オタク君は気付いていた。

そしてちょっとあまのじゃくな性格だから、このままでは素直にならない事も。

「本当は僕もコスプレに興味があるんですけど、一人じゃ参加しにくくて。リコさん一緒にコスプレお願いできませんか？」

「……ったく。しょうがないな。良いよ、小田倉がそこまで言うんだ。付き合ってやるよ」

やれやれといった感じのポーズを取るリコだが、口元がにやけている。

嬉《うれ》しくて仕方がないのだろう。

「それでいつあるんだ？　来月か？」

「えっと……来年の七月です」

「……はっ？」

既に終わっているようだ。

明らかにリコのテンションがガタ落ちする。

オタク君、日程はちゃんと調べてから言うべきだ。

文字通り、後の祭りである。

「あっ、そうだ。それならどんなコスプレをするか、今の内に決めませんか？」

「そうだな。何が良いだろう？」

「そうですね。リコさんが気に入りそうな漫画やアニメがあるか調べるために、ウチに来ます？　色々あるので」

流れるような会話で女の子を家に連れ込もうとするオタク君。プレイボーイである。

まぁ、今のオタク君には下心は一切ない。テンションの落ちたリコをリカバリーしようと必死なだけだ。

「そうだな。暑くなってきたし、小田倉の家に行くか」

漫画やアニメが色々あると聞いて目の色が変わるリコ。

弟から漫画を借りて読みはするが、弟の漫画だけではどうしても趣味が偏《かたよ》ってしまう。

オタク君はどんな漫画を持っているのか、興味津々なリコであった。

「それじゃあ行きましょうか」

帰りに山崎に頼まれたコスプレのウィッグを購入し、二人はオタク君の家へ向かった。

＊＊＊

「クソ、マジかよ」

「通り雨だと思いますが、急ぎましょうか」

コスプレ祭りの会場を離れ、電車を乗り継ぎ、オタク君の家に向かう途中だった。

突然の土砂降り。この時期は天候が不安定なために、時折こうやって通り雨に降られる事は珍しくない。

オタク君の家に着くころには雨足は弱くなっていたが、それでも傘もなしに出歩けるほどではない。

「あー悪い、傘借りられるか？」

「良いですけど、帰りには止《や》むと思いますよ？」

「いや、こんな状態で家に上がるわけにはいかないだろ。帰るわ」

二人ともずぶ濡れ状態だ。

体中からボタボタと水がしたたり落ちている。

「いえいえ、こんな状態で帰すわけにはいきませんよ」

流石《さすが》にずぶ濡れになった女の子を追い返す真似は、オタク君には出来ない。

いや、女の子じゃなくてもしなかっただろうが。

「そのままだと風邪《かぜ》ひくのでシャワー浴びてってください。服は乾燥機があるので、一時間あれば洗濯して乾燥も出来ます」

「一時間って、その間服はどうするんだよ」

「あっ……えっと、僕のを貸すのでそれで我慢してもらう事になるのですが、良いですか？」

妹の服を借りるという手もあるが、勝手に借りれば後で何を言われるか分からない。

服とズボンだけでも貸して、下着については申し訳ないが我慢してもらうしかないだろう。

オタク君のトランクスをリコに穿《は》かせるわけにもいかないので。

「まぁ、迷惑じゃないって言うなら。それじゃあ、お言葉に甘えるわ」

「タオル持ってくるので待っててくださいね」

濡れたまま家に入って行くオタク君。

家の中に入ったが、誰かがいる気配はない。どうやら両親も妹も出かけているようだ。

洗濯機の中に自分の上着を放り込み、タオルを三枚、自分用とリコ用と、廊下を拭く用に持って行く。

「どうぞ、使ってください」

「サンキュー」

オタク君からタオルを貰い、頭を拭いて遠慮がちに家に上がっていくリコ。

脱衣所まで案内し、シャワーの使い方を教える。といってもどこの家庭も同じような物なので教えなくても大丈夫だろうが。

「洗濯機の中に入れておいてください。後はやっておきますので」

「やっておきますのでと言いながら、なんでスマホでやり方調べてるんだ？」

「その、初めて使うもので……」

オタク君は洗濯機の使い方を知らなかった。

とはいえ、普通の高校生の男の子で洗濯機の使い方を分かる人は少ないだろう。

一人暮らしをしなければ、三十歳を過ぎても知らない場合だってある。

「はぁ、これならやり方分かるからアタシがやっとくよ」

「そうなんですか。それじゃあお願いします」

「ついでに小田倉の服とズボンも洗っといてやるから、今の内に脱いで入れといて」

「今……ですか？」

「今だけど？」

同性同士ならズボンを脱いでパンツを見られても恥ずかしくないが、流石に異性の前では少し恥ずかしく感じるオタク君。

リコはというと、全く気にした様子がない。

なので、リコにはオタク君が何を躊躇《ためら》っているのか分からず、頭に「？」マークを浮かべている。

「そ、それでは」

このままでは埒《らち》があかないだろう。

決心したオタク君がズボンを脱ぎ、恥ずかしそうにもじもじしながらズボンを洗濯機に入れていく。

パンツ一丁姿になったオタク君のセクシーシーンである。誰も得をしない。

「それじゃあリコさんが着られそうな上着とズボンを取って来るので」

脱衣所を出て、部屋で適当な大きめのシャツと、ウエストをひもで調整できるズボンを探すオタク君。

前に自分の服を見せた時、黒一色で物凄く評判が悪かった事を思い出した。

「流石にしばらくの間とはいえ、黒一色を着るのは嫌かもしれないな」

他の色の服を探し、やっと良さそうだと思う物を手に取りまた脱衣所へ向かう。


その頃。

「あれ？　お兄ちゃん帰ってきてたんだ？」

オタク君の妹、小田倉希真理《きまり》の帰宅である。

彼女もまた、通り雨でびしょ濡れ状態になっている。

「ふーん。お兄ちゃんシャワー浴びてるのか」

希真理が周囲を見渡すと、他に気配を感じない。

どうやら両親は不在のようだ。

「これは、チャンスなのでは？」

こっそりと、足音を立てないように脱衣所に入って行く希真理。

どうやら洗濯機の稼働音で、オタク君は希真理が脱衣所に入って来た事に気付かずシャワーを浴び続けているようだ。

「ちょっとお兄ちゃん。私もシャワー浴びるんだから」

言うが早いか、衣類を速攻で脱ぎ始める希真理。

彼女は兄であるオタク君に対し、冷たく当たっていた。

しかし、実際はお兄ちゃん大好きっ子なのである。

だが、成長するに従い、思春期の彼女は上手く甘えられなくなった。

どうするか悩んだ結果が、ツンデレキャラになるというものだった。

勿論《もちろん》結果は空回っている。なんなら妹に嫌われてるとさえオタク君は思っている。

なので、あまり喋《しゃべ》ったりする事が出来ない。

そこで、一気に距離を縮《ちぢ》めようと、思い切って一緒にお風呂に入る作戦に出たのだ。

「ごめん。シャワー借りて……ます」

だが、風呂場にいたのは兄のオタク君ではなかった。

明らかに自分よりも年下の少女が、シャワーを浴びていたのだ。

「リコさん、服ここに置いておきますよ。って希真理お前なにやってんだそんな格好で」

「えっ、ちょお兄ちゃんこそなんでパンツ一丁なのよ⁉」

「あー、ワケを話す、ワケを話すからスマホを置け！　どこに電話しようとしてる！」

「お兄ちゃん、自首しよ。私もついて行くからさ」

「違うから！」

必死の説明で、何とか妹を落ち着かせる事が出来たオタク君。

まぁ、色々と勘違いされても仕方がないっちゃ仕方がない。

＊＊＊

「へぇ、リコさんはお兄ちゃんと同じ学校なんだ」

「うん。クラスは違うけどね」

そのまま一緒にシャワーを浴びる事になったリコと希真理。

希真理の予想では、兄は学校でオタクな部活に入り、周りからもオタクと思われているだろうと思っていたが、割と違っていた。

リコの話を聞く限りでは、普通の学生生活だ。第2文芸部とやらで隠れオタクをしている以外は、一般人に擬態しているように思えた。

「お兄ちゃんって友達いるんですか？」

「そうだな。共通の友達で優愛ってのがいるよ」

「どんな人なんです？」

「なんつうか、ギャルだな。頭と格好がオープンな」

酷《ひど》い言い方ではあるが、あながち間違っていない。

「お兄ちゃんにそんな友達がいるんですか⁉」

リコがお兄ちゃんの友達という事は、希真理は何となく納得出来た。

お兄ちゃんはオタクだから、ロリ体型のこの子が気に入ってるんだろうという理由だが。

逆に優愛と友達という事には疑問を持っていた。兄が友達と思っているだけで、実際は利用されているだけじゃないかと勘ぐってしまう。

オタク君。妹からの評価は散々である。

「良かったら今度そのお友達も連れて来てください。お話ししてみたいです」

「うん。良いよ」

二人はシャワーを浴び、脱衣所に出た。

流石にお兄ちゃんの服より私の服の方が良いでしょという希真理の言葉に甘え、服を借りるリコ。

「それじゃあ私は部屋に戻るから。お兄ちゃんが変な事しそうになったら大声で叫んでね」

「ありがと」

オタク君もシャワーを浴び、部屋に戻って来た。

部屋には妹の服を着たリコが、本棚を見てどの本が良いか悩んでいた。

「お待たせしました」

「いや、待ってないよ。そういや小田倉のお勧《すす》めの本って何かあるか？」

「そうですね。リコさんはどういう系が読みたいとかありますか？」

「そうだな。コスプレする事考えるなら、小さい女の子が主人公と一緒に戦ったり、日常を過ごしたりじゃないか？」

「あっ、それなら」

完全にコスプレの事を忘れていたオタク君。

思わず「あっ」と言いながらも、リコのリクエストに応えられる内容の本を選んでいく。

「これとか、どうでしょうか」

「うん。ありがとう……ってどうしたんだニヤニヤして」

「あぁ、すみません。なんか妹の服着てるリコさん見てると、妹がまだ僕になついてた頃を思い出しまして」

まだリコくらいの身長の頃は「お兄ちゃんお兄ちゃん」と言ってベタベタしていた妹。今はそんな面影もない。たまにおやつを作る時に寄ってくるくらいだ。

妹の服を着ているリコを見ると、まだ妹がなついていた頃を思い出してしまうのだろう。

「ふーん。そうか」

「あはは。ちょっと失礼でしたね」

ちょっとどころの話ではない。

顔を合わせづらくなり、テーブルの前であぐらをかいて座るオタク君。

そんなオタク君の膝《ひざ》の上に、リコが座った。

「ま、まぁなんだ。本も借りてシャワーまで借りてるんだ。ちょっとくらいは妹の代わりにしても良いぞ」

「えっ」

流石に妹でもそこまで甘えて来た事はない。

オタク君が思わず足を崩すが、リコは気にした様子もなく、崩した足の隙間《すきま》にすっぽりと収まっていく。

「べ、別に、変な所触ったりしないなら気にしないから」

そう言って不自然に頭を近づけるリコ。

(これは頭を撫《な》でて良い、というか撫でて欲しいという事なのだろうか?)

気にせず漫画を読み始めたリコの頭を、軽く撫でるオタク君。

もしここで妹が部屋に乱入して来たらどう言い訳しようか。

そんな事を考えながらも、リコの頭を撫で続けるのであった。

結局妹が乱入してくる事はなく、夕方になった。

乾燥機からリコの服を取り出す、服は湿気《しっけ》を感じないくらい十分に乾いている。

「悪いね、お世話になった」

リコの左手には紙袋が、中にはオタク君がお勧めした本が何冊か入っている。

「いえいえ。そうだ、駅まで送りますよ」

「別に良いよ。また汗をかいたらシャワー浴びた意味ないだろ」

「でも……」

「良いって。それじゃあな」

オタク君が駅まで送るという提案を強引に断り、家を出るリコ。

しばらく歩くと、一旦立ち止まり振り返る。

「……ついて来てないな」

オタク君がついて来ていないのを確認してから、リコは深く息をつく。

自分の胸に手を当ててると、物凄い速さで心臓が鼓動しているのを感じた。

「まともに顔を見られるわけないだろ。ばか」

自分でも大胆だと思う行動を取ったとリコは思う。

ほんのちょっと、からかうつもりだったんだ。そう自分に言い聞かせる。

(退《ど》かそうとせずに、頭を撫でた小田倉が悪いんだ!)

そんな風に必死に自分への言い訳をしながら、帰路につくリコ。

家に帰ったリコは、母親に熱中症を疑われるくらい顔が赤くなっていた。

(そうか、この胸のドキドキは熱中症だな。涼しくして早く寝よう)

クーラーを最低の温度まで下げ、額に冷却シートを張り布団《ふとん》に潜り込むリコ。

(今日は熱中症だからドキドキしたんだ。次は体調が万全な時にやって、平気なところを見せてやろう。そうだ。次こそは平気なんだ)

自分への言い訳をしながら、次はいつオタク君の膝の上に座るか計画するリコであった。

閑話［オタク君の妹がこんなに可愛いわけがない］

オタク君の家のチャイムが鳴り響く。

音が鳴ると、ドタドタと音を立ててオタク君が玄関へ向かう。

そんなオタク君をコッソリ覗《のぞ》き見《み》るのは、オタク君の妹の希真理《きまり》である。

「オタク君おっす」

「こんにちは。外暑いですから、中へどうぞどうぞ」

「はーい」

「お邪魔します」

オタク君に促《うなが》され、家の中へ入って行く優愛《ゆあ》とリコ。

(あの人が、リコさんの言ってた優愛さんか)

「あれ、そっちの子誰？　オタク君の妹？」

希真理は居間からばれないようにコッソリ覗いているつもりだが、早速優愛にバレたようだ。

「えっと、オタク君の妹の、何ちゃんかな？」

オタク君の妹に名前を聞こうとするが、目が合うと引っ込まれてしまう優愛。

完全に怯《おび》えられている。

仕方なく、隣に立つオタク君に名前を聞く。

「希真理です」

「おー、キマリちゃんか。キマリちゃんこんにちは」

希真理が隠れた場所までズンズンと歩いて行く優愛。

そしてしゃがみ込み、目線を合わせて挨拶《あいさつ》をする。完全な陽《よう》キャムーブである。

「こ、こんにちは」

流石《さすが》にここで逃げるのは失礼と思ったのか、警戒しながらも挨拶を返す希真理。

「良いね良いね。初々《ういうい》しい反応マジ可愛《かわい》いんだけど。リコも見習ったら？」

「そっくりそのまま返すよ」

「ほら、リコはそういうトコが可愛くないの」

優愛は希真理が気に入ったのか、捕まえて抱きしめる。

反応に戸惑いながらも、優愛の服装チェックをする希真理。

(この人、ブラ見えてる)

優愛の着ている服は、白いブラウス。

ボタンを胸元まで開け、露出はそこまで多そうに見えないが、うっすらとブラが見えている。

色が濃い見せブラなので、優愛本人は気にしていないが、希真理には刺激的だったようだ。

（オタクのお兄ちゃんと、この人が本当に友達なのか確かめなきゃ）

「今日は宿題をしに来たんですよね？」

「そうだよ。なに、キマリちゃんも一緒にする？」

「宿題はもう終わらせたので、高校のお話が聞きたいです。私もお兄ちゃんと同じ高校に行きたいので！」

「へー、もう終わらせたんだ。偉いね」

「そうだな。希真理はちゃんと宿題終わらせて偉いよな」

リコの言葉に少しだけ苦い顔をする優愛。とんだやぶ蛇《へび》だった。

助けを求めようにも、オタク君もほぼ宿題は終わっている。

「じゃあ希真理ちゃんに高校の話をしながら、宿題しようか」

このまま話を続ければ自分が不利になるだけだと悟り、ドタバタとオタク君の部屋へ駆けていく優愛。

優愛の後を、ため息を吐《つ》きながらついて行くリコ。

「希真理、飲み物とか持って行くから手伝ってくれ」

「はいはい」

「ってか、高校僕と一緒のトコって、お前ならもっと上目指せるだろ？」

「別に、上とか興味ないし。どうせなら可愛い格好とかしたいから、自由な校風の学校を選ぶだけだし」

冷たくあしらった感じで言いながらも、内心では大好きなお兄ちゃんとお話が出来てテンションが上がる希真理。

オタク君が飲み物とお菓子を、希真理が人数分のグラスと手拭《てふ》きをお盆に載せて運んでいく。

「あー、リコがオタク君のベッドで本読み始めてる！」

「アタシはもう宿題終わったからね。優愛がんばー」

「うぜぇ。こうなったらプロレスか？　プロレスするか？」

「迷惑だから人様の家で暴れないの」

「カーッ!!　オタク君も何か言ってやってよ」

「とりあえず宿題を始めましょうか」

(優愛さん、さっきからお兄ちゃんの事オタク君って呼んでるけど、お兄ちゃんがそう呼ばせてるのかな)

オタク君が優愛に「オタク君」呼ばわりされている事も気になる希真理。

仲が良いからオタク君呼びなのか、それともパシリのように見ているのか判断に迷うところである。

ぶつぶつと文句を言いながらも、宿題を始める優愛。

隣に座り、分からないところがあれば都度教えるオタク君。

二人が真面目に宿題をやっているので、希真理は何も口を挟めずにいた。

(今のところ、お兄ちゃんが優愛さんをお世話しているようにしか見えないけど)

希真理、大体正解である。

最近では、優愛がオタク君と出かける時は髪のセットからメイクまで、大体オタク君がやっていたりする。

優愛としては自分でやるよりも良い感じに仕上がるし、オタク君としても練習になるから喜んでやっている。

リコとしてもそんな二人に言いたい事はあるが、三人で出かける時は自分もやって貰《もら》っているから、あまり強く言えない。

なんなら、リコはオタク君と二人で出かける時も、やって貰ったりもするくらいだ。

「オタク君のおかげで宿題が捗《はかど》る捗る。マジ感謝。えっへへ」

オタク君の腕にしがみつく優愛。

右腕に優愛を感じながらも、オタク君は左手で次のページを開いて解説を始めていく。

(凄い、お兄ちゃんあんな状態でも平常心を保ってる!)

希真理からはそう見えるかもしれないが、実際のオタク君はいっぱいいっぱいである。

顔を赤くしながら、しどろもどろになりつつ早口になっている。

そして抱き着いた優愛はというと、顔を真《ま》っ赤《か》にしながら、口元を緩《ゆる》ませていた。

恥ずかしいならやらなければ良いのだが、恥ずかしくてもやってしまうのが恋心というヤツなのだろう。

(優愛さんも、あんな風に胸を押し当てて。すごい)

希真理からは優愛の姿も平常心に見えるようだ。

恐ろしいまでの鈍感《どんかん》である。誰に似たのやら。

多分兄のオタク君に似たのだろう。

(そういえばリコさんもお兄ちゃんに気があるんじゃないかと思ったけど、ただ漫画を読んでるだけだし)

そんな事はない。

リコはリコで、オタク君のベッドでオタク君のぬくもり的なものを感じながら、顔を真っ赤にして口元を緩ませていたりする。

もはや漫画の内容は頭に入っていない。

(優愛がこの前匂いを擦《こす》りつけてたけど、今日は小田倉《おたくら》、アタシの匂いを感じて寝るのかな)

もはやマーキング行為である。

顔の前に漫画を置いて、にやけた表情をバレないようにしているが、バレバレである。

……本来なら。

しかし、今そんな事に気付けるほど冷静な人間はいないのである。

（そういえばリコさん、前に来た時にお兄ちゃんと部屋で二人きりになっても何も変な事した様子なかったな）

残念だが、オタク君の膝《ひざ》の上に座り、頭を撫《な》でられていた。

優愛とリコの気持ちに全く気付かない希真理。

彼女が下した結論。それは。

（そうか。つまり優愛さんとリコさんは、オタクに優しいギャル！）

ある意味正解だが、ある意味間違っていた。

（オタクに優しいギャルなんて、都市伝説と思ってたけど、実在したんだ）

お兄ちゃん大好きツンデレ妹の方が、よっぽど都市伝説である。

その後、優愛がある程度宿題を終わらせてから、四人で色んな事を話した。

夕方まで遊び、その日は解散となった。

＊＊＊

翌日。

（お兄ちゃんが私になびかなかったのは、本当はギャルが好きだったからだ！）

「ただいま」

「お兄ちゃんお帰り」

「……希真理、今のお前の姿を見たら母さん泣くぞ」

オタク君が帰宅すると、そこにはヤマンバと化した妹がいた。

「……はい」

オタク君にガチトーンで言われ、しょんぼりしながら洗面所で化粧を落とす希真理。

お兄ちゃんの気を引きたいがための行動だった。

そんな妹を見て、おしゃれをしたい年頃なんだろうな。

今度ちゃんとした化粧の仕方でも教えてやるか。

そんな風に考えるオタク君だった。

「今度こそ、お兄ちゃんの気を引いてみせるんだから」

素直になれば良いだけなのだが、難しいお年頃なのだろう。

オタク君の妹は思春期である。

第8章

夏休みももう終盤に差し掛かり、文化祭の準備期間も残りわずかである。

この日、オタク君はクラスの手伝いをほどほどにして、第2文芸部の展示物の手伝いをしていた。

第2文芸部の展示物は、二十年ほど前にインターネット上で流行《はや》ったロボット。その等身大模型の展示である。

スカスカなボディ、ヘラの腕、股間部に取り付けられた謎の銃口、トドメにアホっぽい六角形の顔。

そう、先を行く者である。

かつては全国どこの学校にも、オタク系の部室には一台は置いてあったであろうロボット。

時代の流れと共に、今ではその姿もめっきり見なくなった。

そんな懐《なつ》かしの先を行く者が、今ここに復活したのである。

「これで完成っと」

「ところで、これなんのロボットなの？」

当然の疑問をオタク君が口にする。オタク君が生まれる以前のネタなので分からないのは仕方がないというものだ。

「拙者《せっしゃ》たちが生まれる前に、ネットで流行ったネタでござるよ」

「小田倉《おたくら》氏、これですぞ」

パソコンのディスプレイに表示されたテキストを、オタク君が読み上げる。

全て読み終わったころには、オタク君は苦笑いを浮かべていた。

かつてネットで万人の笑いを取ったロボットだが、今の子の感性には合わないようだ。

「それで、なんでこれを展示物にしようと思ったの？」

「オタクを前面に出し過ぎず、それでいて分かる人間には分かるようにですぞ」

「とエンジン殿が言うから、めんどくさいので拙者もそれで良いと言った次第でござる」

「全く。適当だな」

全くだ。そう言って三人揃《そろ》って笑う。

彼らにとって大事な事は、何を作るかではなく、誰と作るかだ。

だから、展示物の内容に不満は何もなかった。

「クラスの出し物の手伝いばかりで、こっちは疎《おろそ》かにしちゃって悪かったね」

「気にしなくて良いですぞ」

「そうでござる。最後は手伝ってくれたから十分でござるよ」

「そっか。二人共もし困った事があったら言ってね。いつでも手伝うから」

「了解でござる」

「その時は頼らせてもらいますぞ」

この時の約束は、思ったよりも早く果たされる事になる。

だが、それはもう少し先の話である。

「おや、小田倉氏のお迎えですな」

「そうでござるな」

パタパタと足音が部室へ近づいてくる。

どうやらチョバムとエンジンはその足音だけで、誰が来たか分かったようだ。

「オタク君いる？」

ノックもなしに、遠慮なくドアが開かれる。

開けたのは優愛《ゆあ》である。今日は一人のようだ。

「優愛さんどうしました？」

「うん。衣装が破れちゃった子がいるんだけど、オタク君なら直せないかと思って」

「そうなんだ。それはちょっと見てみないと分からないな」

「小田倉殿、拙者たちはもう少ししたら帰るから行って来るでござるよ」

「こっちはもうやる事ないですからな」

「分かった。じゃあ二人ともまたね」

優愛に手を引かれ、オタク君が部室から出ていく。

この光景も慣れたようで、菩薩《ぼさつ》のような笑顔でオタク君を見送るチョバムとエンジンだった。


優愛に手を引かれながら、廊下を歩くオタク君。

どの教室からも、文化祭準備でワイワイガヤガヤと騒ぐ声が聞こえる。

外からは運動部の掛け声と虫の鳴き声が聞こえ、夏休みだというのに校内は喧噪《けんそう》に包まれている。

優愛は不意に立ち止まり、窓から外を眺める。

「あーあ。あと三日で夏休みも終わりとかヤバくない？」

「そうですね。長いようであっという間でしたね」

「夏らしい事もっとしたかったなぁ」

まだ遊び足りないといった様子の優愛。

実際夏休みの終盤はずっと宿題の監視をされていたのだから、仕方がない。

「それなら、また来年がありますよ」

「そうだね。じゃあ来年はもっと夏らしい事して遊ぼっか」

「はい」

来年の夏も一緒に遊ぼう。

それは、最低でもあと一年は仲良く一緒にいようねという約束。

勿論《もちろん》、オタク君はそこまで深く考えずに返事をしているのだろう。

「そうだ。夏も良いけど、秋には美味《おい》しいもの食べて、冬には雪合戦しよう。一緒にリコが泣くまで雪玉当ててやろうぜ！」

「ははっ、ほどほどにしましょうね」

こうしてオタク君の夏休みは終わっていく。

文化祭まで、もうすぐである。

＊＊＊

夏休みが終わり、始業式の後に文化祭準備期間を経て、ついに文化祭である。

休日開催という事もあり、外からも人が来る。

校門を抜けるとグラウンドでは、ＰＴＡや地域のメンバーによる出し物の「冥土《めいど》喫茶」や、迷子などの対策本部が立てられている。

他にも一部教師が出し物に参加していたりする。どうやらグラウンドは大人による出し物の場所になっているようだ。

そしてグラウンドを抜け校舎へ。普段は校舎に入る場合上靴《上履き》に履《は》き替《か》えないといけないのだが、この日だけは土足OKになっている。

校舎では、どこのクラスもカラフルな飾りつけをしており、廊下にも色々な飾りつけをされている。文字通りお祭りである。

体育館ではライブをやっているのか、ギターの音が漏れ聞こえてくる。

そんな音漏れをさせて大丈夫か不安になるが、そもそも校舎の屋上では吹奏楽部が体育館の音漏れなんて比ではないレベルで演奏している。

きっと近隣住人には事前に説明をしてあるのだろう。迷惑云々《うんぬん》はともかくとして、とても青春的である。

文化棟も校舎に負けじと様々な趣向を凝《こ》らしている。

その中で、第2文芸部はというと、そこそこ人気があった。

第2文芸部を見に行くのは大体が三十代から四十代で、展示されたロボット《先を行く者》を見ては、口々に「懐《なつ》かしいですね」と言って古《いにしえ》のインターネットを語り合っている。

どこも人で溢《あふ》れる中、行列が出来るほど人気があるクラスがあった。

オタク君のクラスである。

老若男女《ろうにゃくなんにょ》問わず大人気アニメの格好をしている上に、貸衣装まであるのだから当然といえば当然だ。

鬼まんじゅうを買えば貸衣装、もしくは衣装を着た生徒と撮影が出来るという触れ込みのおかげで、行列の終わりが見えない状態になっている。

「おーい、浅井《あさい》。まだ奥に人がいるなら列の整理に人材送るけど？」

「そうだね。樽井《たるい》、少しの間俺が持たせるから、池安《いけやす》とかに手伝ってくれと言いに行って来てくれ」

「了解」

樽井は急いでクラスへ戻り、池安や他のメンバーを連れて列の整理を始める。

しかし、これだけの人数がいたら、貸衣装は夕方になっても終わらないだろう。

クラスからこっそり列の様子を窺《うかが》う委員長。そろそろ文句を言う客も出てくる頃だ。

「小田倉君、誰かの衣装で貸衣装追加します？」

「大丈夫だよ委員長。もうちょっとだけ待ってて」

振り向きもせず、オタク君が返事をする。

クラスメイトにメイクを施《ほどこ》している最中である。

「よし、完成。山崎《やまざき》、これでどうだ？」

山崎と呼ばれた男子生徒に鏡を見せるオタク君。

鏡には鬼殺《きさつ》の刃《やいば》に出てくる、幹部そっくりにメイクをされた山崎がいた。

以前コスプレ祭りで、オタク君が山崎にされた頼まれごとである。

「すげぇ、小田倉マジ完璧じゃん。俺幹部じゃん！」

鏡の中の自分に興奮する山崎。

彼が見たコスプレと遜色《そんしょく》のないレベルのメイクを、オタク君に施してもらったのだ。

「これで貸衣装を選ばず、コスプレした山崎と撮影を選ぶ人が増えると思うから、分散させられるはず」

行ってこいと背中を押された山崎が廊下に出ると、廊下で歓声が上がる。

本物と見間違うほどに再現度が高いコスプレをした山崎が出て来たからだ。

「俺と記念撮影をしたい者は、こっちの列に並ぶが良い」

山崎の一言で、列が一気に分散された。

貸衣装では着る、撮影、脱ぐといった行動でどうしても時間がかかってしまっていた。

だが、コスプレをした山崎との撮影は、写真を撮ったら終わりなので短時間で終わらせる事が出来る。

おかげで列の進みは何倍も速くなったが、今度は鬼まんじゅうの補充《ほじゅう》が間に合わなくなってきたようだ。

生徒たちが作っては渡してを繰り返している。とはいえ元々作り置きもあったおかげで、そちらは何とかなってはいるようだ。

「おっす小田倉、交代時間になったから戻って来たぞ」

「あれ、秋葉《あきば》と青塚《あおつか》。もうそんな時間？」

「あぁ、忙しくて時間も分からなかったか。ほんと大盛況だよな」

そう言って列を見て苦笑するのは、秋葉と呼ばれた少年と青塚と呼ばれた少年だ。

以前オタク君と遠足の班を組んだ二人組である。

「俺たちが交代するから、小田倉と鳴海《なるみ》さんは文化祭楽しんでこい」

「分かった。じゃあ後は頼むよ」

オタク君が秋葉、青塚とハイタッチをしてクラスから出ていく。

廊下で列を整理している優愛に、オタク君が声をかける。

「優愛さん、交代の時間ですよ」

「マジで？　時間過ぎるの早くない⁉」

「マジです」

「そっか。そうだ、オタク君この後、文化祭見て回る予定ある？」

「リコさんのクラスの展示を見ようかなって考えてたくらいですね」

その後に、時間があれば第2文芸部にも顔を出すくらいである。

「おっ、私と一緒じゃん。それなら一緒に回ろうよ」

「良いですよ。お昼どうします？」

「それじゃあ先に冥土喫茶行かない？　ってか、ＰＴＡのおじちゃんおばちゃんが給仕してるから冥土って名前ヤバくない？　ウケる！」

「まぁ、確かにヤバイですね」

本人たちが納得して付けた名前なら良いが、他人が勝手に付けているなら大問題になりそうな店名である。

「リコは交代の時間までまだあるから、先に食べに行こうか」

「そうですね」

他のクラスの呼び込みを避《さ》けたりしながら、グラウンドで食事をするオタク君と優愛。

この後どうするか、他のクラスでこんな事していたなどの話題で盛り上がる二人。

文化祭はまだ始まったばかりである。

＊＊＊

「冥土喫茶、普通だったね」

「そうですね」

名前が名前なだけに、サプライズを期待したオタク君と優愛。

本当にＰＴＡのおじちゃんおばちゃんが普通に給仕してるだけの、学園祭レベルの喫茶店だった。

学園祭という事で、料理の値段は格安ではあるが。

「あっ、でもおはぎは美味《おい》しいよ」

もぐもぐとおはぎを食べる優愛。

冥土喫茶で料理を注文したらオマケで貰《もら》える『冥土の土産』である。

「学園祭どこ見に行こうか？」

「とりあえず、リコさんのクラスの展示を見に行くのはどうですか？」

「おっ、良いね。行こう行こう」

「急ぐと危ないですよ」

オタク君の手を引いて駆け出す優愛。

優愛に手を引かれ、一瞬もつれながらオタク君も駆け出した。

リコのクラスに到着したオタク君と優愛。

教室のドアの前には、展示内容がでかでかと張り付けられている。

『クラゲの生態』

物凄く興味をそそられないタイトルである。

一部のクラゲマニアや、クラゲ好きなら興味を持つかもしれないだろう。

だが文化祭の展示でやる物なのだろうか？

「クラゲだってさ」

「クラゲですね」

事前にリコからクラス展示はクラゲという事は聞いていた。

だが、何の捻《ひね》りもなさすぎて反応に困るオタク君と優愛。

「とりあえず中を見てみましょうか」

「そうだね」

他に客が入る様子はないが、立ち止まっていては迷惑になるかもしれない。

意を決してドアを開ける。

「ようこそ一年C組へ。ここではクラゲの生態を、我らクラゲガールズが案内しながら説明いたします」

「「……」」

更に反応に困るオタク君と優愛。

ドアを開けると、C組の生徒と思《おぼ》しき三人の女子が、薄い青色のひらひらしたワンピースと、頭にクラゲのような物を被りながら出てきたのだ。

多分クラゲをモチーフにした格好なのだろう。クラゲガールズと名乗っているわけだし。

「あはは。リコ何その格好。超可愛いんだけど」

クラゲガールズと名乗った生徒の内の一人はリコだった。

優愛、その姿を見てバカウケである。

「ちょっ、優愛笑うな！」

「ヤバイ、マジ可愛いんだけど。オタク君もそう思うでしょ？」

「ははっ、そうですね」

リコは顔を真っ赤《まか》にして必死に言い返すが、完全に優愛のおもちゃにされている。

「瑠璃子《るりこ》の友達じゃん。じゃあ瑠璃子が案内した方が良いよね」

「ウチら戻っとくから、後よろしくね」

そそくさと逃げるように去っていく女生徒。

実際、恥ずかしいから逃げ出したのだろう。格好的な意味で。

「あっ、待て」

「ほらほら、クラゲガールズさん。案内してよ」

「優愛さん、からかっちゃ可哀《かわい》そうですよ」

リコを宥《なだ》めながら、これ以上刺激しないように優愛に言い聞かせるオタク君。

「えーなんで。めっちゃ可愛いじゃん」

だが言う事を聞こうとせず、リコに抱き着く始末である。

「おさわりは厳禁だ。離れろ。小田倉も見てないでどうにかしろ！」

どうにかしろと言われても、くっ付く二人。男であるオタク君が変な所を触れば停学ものである。

どうするべきかあたふたしながらも、なんとか引き離すオタク君。

「クスクス」

「ほら、笑われてますし、優愛さんもうやめましょう」

リコのクラスメイトが三人の様子を見て笑っているのが見えた。

馬鹿にしているというよりは、生温《なまあたた》かい目で見ている感じである。

オタク君とリコが顔を赤くしているが、優愛は全く気にした様子はない。

「ほら、早く案内してー」

「つたく。誰のせいだと」

ブツブツと小声で文句を言いながらも案内を始めるリコ。

ここで問答をすれば、また優愛がちょっかいをかけてくるだろうから、大人しく案内する事を選んだのだろう。

部屋の中は、窓を暗幕《あんまく》で覆《おお》い、昼間だというのに薄暗い。

青いセロハンを張ったライトで所々照らし、やや幻想的な空間になっている。海底をイメージしているのだろう。

リコの案内に従い、展示されている物を見ていくが、内容は思ったよりも分かりやすい上に深く書かれていて、オタク君や優愛が興味を持てるものであった。

それなりに博識のオタク君ですら知らない知識だらけで、気が付けば夢中になって読みふけるほどに。

「見て見てオタク君。クラゲって大きいのだと30m超えるんだって⁉」

「みたいですね。こっちは年老いたクラゲが若返って不死になるって書いてあります」

オタク君と優愛、少々はしゃぎすぎのような気がするが、他に客はいないので問題ないだろう。

あえて言うなら、二人がそんな風にはしゃぐせいで、リコのクラスメイトが余計にニヤニヤして見てくるので、リコが恥ずかしそうにしているくらいである。

「いやぁ、思ったよりも凄かったね」

「そうですね。読み始めると一気に引き込まれました」

展示物を読み終え、満足そうなオタク君と優愛。

クラスの出口に近づいたオタク君たちに、先ほどのクラスメイトたちが声をかける。

「瑠璃子、もうお客さん来ないと思うし、交代して良いよ」

「友達と一緒に回って来なよ」

「おっ、リコもう交代して良いって。一緒に文化祭回ろうぜ」

「一々大声出さなくても聞こえてるって、着替えたら行くから外で待ってて」

「えー、そのままで良いじゃん。可愛いよ」

「もういいから。小田倉、早くソイツ連れて行ってくれ」

「はい。それじゃあ外で待ってますね。ほら優愛さん、行きますよ」

「えー」

やや不満げな優愛が、オタク君に背を押されリコのクラスから出ていく。

そんな様子を見て、リコは盛大にため息を吐《つ》いた。

「勿体《もったい》ないなぁ。オタク君だってリコの格好可愛いと思うでしょ」

「まぁ確かに可愛かったと思いますけど」

出ていく際に、特大の爆弾発言を落としていく優愛とオタク君。

スカートの裾《すそ》を押さえ、恥ずかしさのあまり顔がゆでダコのように真っ赤になったリコを、クラスメイトの女子たちがからかったのは言うまでもない。

＊＊＊

「それで、この後どうするんだ？」

「ん？　何も考えてないよ？」

優愛ノープランである。

一応最後に第2文芸部に寄る予定ではあるが、それ以外はどのクラスの出し物を見に行きたいとかは何もない。

そもそも、自分のクラスの事で一杯一杯で調べる暇《ひま》などなかったのだから仕方がない。

それは優愛に限らず、生徒のほとんどがそうだろう。

故《ゆえ》に、オタク君もノープランである。

「それじゃあ漫画研究部の出し物でも見に行くか？　小田倉は興味あるだろ？」

「そうですね。優愛さんとリコさんさえ良ければ」

「私はそれで良いよ」

「それじゃあ行くか」

そう言ってズンズンと前を歩くリコ。

これはオタク君が行きたそうだから、リコが意を汲《く》んだだけである。

決してリコが行きたいわけではない。オタク君のためなのだ。きっと。

文化棟に移動し、漫画研究部の部室前まで来た三人。

漫画研究部には、そこそこ人が入っているようだ。

リコが扉を開けて中に入る。

部室は結構広く、教室と同じくらいの広さがある。それだけ部員が多い証拠だろう。

中には漫画研究部の冊子が置いてあり、壁にはそれぞれの作品や研究テーマが書かれている。

中に入ったものの、オタク君はキョロキョロと挙動不審《きょどうふしん》になっている。彼は一応隠れオタクなので。

「へぇ、最近の漫画やアニメのオススメとか書いてある」

「ねぇねぇ、こっちは四コマとかあるよ」

対して優愛とリコは気にした様子もなく、堂々と展示物を見ている。

恥ずかしがっているオタク君だが、優愛とリコ以外で彼の事を気にする人はいない。

変な目で見られていると思い込んでいるだけで、実際は誰もオタク君に興味すら持っていないのだから、もっと堂々とするべきだろう。

まぁ、それが出来ないから隠れオタク向けの第2文芸部にいるわけなのだが。

「ねぇねぇ、オタク君。この四コマどうよ。オタク君ってキャラいるよ！」

そんなオタク君の考えなど気にもせず、いつもの「オタク君」呼びをする優愛。

刹那《せつな》、中で展示を見ていた人たちが一斉に振り返り、オタク君たちを見た。

「オタクに優しいギャルだって……オタク君もこんな風に優しくされたら嬉《うれ》しい？」

「えっ、いや。ははっ、まぁそうですね」

恥ずかしさのあまり、歯切れの悪い返事をするオタク君。

本当は嬉しいし大好きである。なんならオタク君と呼ばれるだけでも嬉しいくらいだ。

優愛に初めて「オタク君」と呼ばれた時も喜んでいたくらいなので。

「ふ〜ん」

ニヤニヤしながら、オタク君の腕に絡みつく優愛。

腕に当たる優愛のお山の感触に、思わず固まるオタク君。

「オタク君ってこういうのが好きなんだ」

優愛がやっているのは、オタクに優しいギャルというタイトルで描かれたイラストのポーズだ。

オタク君と呼ばれた少年の腕に、ギャルが胸を押し当てるようにくっつくイラスト。

そしてそのイラストに書かれているギャルのセリフである。

傍《はた》から見れば、まるでイチャイチャしてるバカップルである。ヨソでやれ。

ゴクリと生唾を飲み、素直に「好きです」と言うわけにもいかないオタク君。

そんなオタク君と優愛は、注目の的になっている。

（オタクに優しいギャル。存在したのか）

（オタク君って呼ばれてる人、初めて見た）

オタク君と優愛を見て、ボソボソと内緒話があちこちから聞こえてくる。

漫画研究部の展示物を見に来ている人のほとんどがオタクである。なのでオタクに優しいギャルの概念は大体知っている。

その都市伝説のような概念が、今現実に目の前に存在しているのだ。そんな二人を周りが見てしまうのは仕方がないといえる。

そして周りから見られている事に気付くオタク君。しかし恥ずかしすぎて、何を言われているか聞き取る余裕はないようで、笑われているものだと思い焦《あせ》り始《はじ》める。

多分、彼のオタク趣味に対するシャイな性格は、もうしばらくは治らないだろう。

「なぁ、あっちにお勧《すす》めの漫画とかあるけど、あの中で小田倉のお勧めはあるか？」

そんなオタク君のもう片方の腕にリコが絡みついてくる。

優愛の立派な物とは違い、大きくはないが、それでもくっつけば主張をしてくるそれの感触にさらに固まるオタク君。

優愛がぽよーんなら、リコはギュッギュだろう。何がとは言わないが。

普段のリコならそんな事をしないだろう。

だが、周りの会話はオタク君と優愛の二人の事ばかり、まるで二人が付き合っているような言い方をしていたのが何となく気にくわなかった。

特に理由はないが、何となく気にくわない。なので優愛と同じようにオタク君にくっついた。それだけである。きっと。

(ハーレムだと⁉)

(あのオタク君、マジで何者だ⁉)

(リア充爆発しろ)

もはや見せつけているまである。いや、リコは見せつけているのか。

本当に無自覚なのは優愛くらいだ。

その後、漫画研究部の展示を見た後に、適当に目に入ったクラスの展示を見て行く三人。

流石《さすが》に恥ずかしくなってきたのか、漫画研究部を出た辺りで、優愛もリコもオタク君の腕からは離れている。

気が付けば時刻は夕方である。

時期が時期なのでまだ日は明るい。だが、あと一時間もすれば文化祭も終わる。

「最後に第2文芸部の部室に寄って行って良いですか？」

「アタシは構わないよ」

「私も良いよ」

部室に顔を出しに来たオタク君。

第2文芸部のドアを開けると、中ではチョバムとエンジンが携帯ゲームをやっている最中だった。

「チョバム、エンジン。今日はどうだった？」

「あぁ、小田倉殿でござるか。ボチボチでござったよ」

「小田倉氏の妹君も友達を連れて来ていたですぞ」

「希真理《きまり》のやつも来てたのか」

携帯ゲームの画面を見て、時折「ホッ！」「やっ！」と掛け声をしながらオタク君に返事をするチョバムとエンジン。

「任せっきりでごめんね」

「別に良いでござるよ。拙者もエンジン殿もクラスの手伝いがないから、ここでずっとゲームしてたでござるし」

「むしろ小田倉氏に、ここの番をするから出てけと言われた方が困るですぞ」

「そっか。これお詫《わ》びと言っちゃなんだけど、うちのクラスの鬼まんじゅうとジュース」

「おぉ、ありがたいでござる」

「それでは、ちょっと休憩にして頂きますですぞ」

キリが良い所になったのか、チョバムとエンジンが携帯ゲームを机に置いた。

オタク君からの差し入れを受け取り、ようやく優愛たちもいる事に気付いたようだ。

「おぉ、鳴海氏と姫野《ひめの》氏も来てたのですな。これは気付かず失礼しましたですぞ」

「別に良いよ。勝手に来ただけだし」

「チョバム君とエンジン君は、文化祭見て回らなくても良かったの？」

「拙者達は陰《いん》の者でござる。無理にはしゃいで回るより、こうして気の合う仲間とゲームをしてる方が楽しいでござるよ」

「別に捻くれてるわけじゃないですぞ。こうしてリア充の祭りを横目にゲームをするというのも、中々乙《おつ》なものですぞ」

彼らは彼らなりに文化祭を楽しんでいるようだ。

優愛もそれ以上追及せず、そういうものなのだと自分に言い聞かせる。

無理に誘ったりしても、良くない事くらいは、優愛やリコは理解している。

「そっか。チョバム君もエンジン君も、もし来年の文化祭を皆で楽しみたいと思ったら言ってね」

「アタシも一緒に展示物を考えたり作ったりするくらいはしてやるよ」

「その時はよろしく頼むでござるよ」

「ふふっ、鳴海氏も姫野氏も優しいですな」

その後、しばらく部室でオタク君たちは色々と話をした。

色々見て回ったオタク君たちは勿論《もちろん》だが、部室に引きこもっていたチョバムとエンジンも、それなりにお客さんが来たので、こんな出来事があったと話題は絶《た》えなかった。

チャイムが鳴り、校舎のスピーカーから文化祭の終わりを告げられる。

校舎からは、次々と校門を出て行く人たちが見える。

『お疲れさまでした！』

どこかの教室から、打ち上げの声が聞こえてくる。

「ねぇねぇ、私たちもお疲れさまでしたーってやつやろう！」

「そうでござるな。拙者は構わないでござるよ」

「うん。良いね」

「アタシは部外者なんだけど。まぁいいか」

「某《それがし》も構わないですぞ。合図は小田倉氏に任せたですぞ」

「えっ。僕？」

この輪の中心はオタク君なのだから、オタク君が合図をする流れになるのは、まぁ当然だろう。

リコに「ほら、早く」と急《せ》かされ、照れくさそうに一つ咳《せき》ばらいをするオタク君。

「それじゃあ皆」

「「「「お疲れさまでした！！！！」」」」

こうしてオタク君たちの、高校生活初めての文化祭は終わったのだった。

エピローグ

午後の体育祭のプログラムもほとんど終わり、残すは応援合戦だけとなった。

応援合戦なのにラストにやるのは、これ如何《いか》にと思うが、まぁそういうものなのだろう。

オタク君のクラスは、全員鬼殺《きさつ》の衣装に着替え準備万端である。

それぞれのクラスの応援合戦が終わり、次はオタク君のクラスである。

『俺たちE組、イカスぜE組！』

そう書かれた応援旗を持って登場するのは山崎《やまざき》だ。

オタク君の手によって、鬼殺に出てくる幹部のキャラそっくりにメイクされたその姿に、全校生徒が圧倒される。

彼が歩くだけで歓声が所々から上がるくらいだ。

「隊員集合‼」

合図とともに、オタク君のクラスメイトが山崎の元へ集う。

そこから鬼と戦っている演技が始まり、次にクラスメイトの個人技が始まる。

ヨーヨーを使ったパフォーマンスから始まり、手品をする者、タッグでブレイクダンスをする者など。

鬼と戦う設定はどこに行ったのやらと思うが、まぁそこら辺は自分たちが盛り上がれば何でも良いのだ。学園祭とはそういうものである。

こんなカオスな内容なのに、劇をしたいと言っていた生徒も満足そうにしている。ならば何も問題ないだろう。

演技の終了と共に、拍手が飛《と》び交《か》う。

「お前たち、最高の応援だったぞ！」

戻って来たオタク君たちを迎えたのは、担任のアロハティーチャーである。

普段のアロハシャツを脱ぎ、オタク君たちと同じ鬼殺の衣装を着ている。

実は貸衣装用に作った物をアロハティーチャーが勝手に拝借《はいしやく》して着ているのだが、誰も彼を責めようとはしない。

体育祭が終わればもう使わないというのもあるが、彼のトレードマークであるアロハシャツを脱いでまで衣装を合わせてくれたのが嬉《うれ》しかったからだったりする。

次々と応援合戦が続き、三年生の最後の応援合戦が終わった。

それぞれの応援合戦を審査員が採点し、集計をする事十分。

どうやら採点が終わったようだ。スピーカーからスイッチを入れた際のキーンとした音が漏れる。

「お待たせしました、応援合戦の集計結果が出ました」

一瞬の間が空《あ》く。

「応援合戦一位は、一年E組です」

やはり老若男女《ろうにゃくなんにょ》問わず大人気アニメの効果は大きかったようだ。

「うおおおおおおおおおおおおお！！！！！」

オタク君も、クラスメイトも思わず声を上げる。

「よっしゃ。胴上げだ！」

喜びの余り抱き合っている生徒もいる位だ。

「えっ、僕⁉」

誰かが叫ぶと、皆が一斉に集まりオタク君を胴上げし始める。

自分が胴上げされるものだと思っていた山崎。タイミングを逃したために胴上げの輪に入れず、仕方なく少し離れた場所で応援旗を振り回している。

確かに衣装だけではなく、山崎の完璧なコスプレは一位に大きく貢献《こうけん》しただろう。

だが、それはオタク君がウィッグの調整やメイクをしたからである。

なんならクラス全員分の衣装もオタク君の成果だ。

ならば胴上げされるのは、やはりオタク君であろう。

その様子を、他のクラスの生徒たちは笑いながらも、拍手を送って見守っていた。

こうして体育祭のプログラムは全て終了した。

「惜しかったね、もうちょっとだったのに」

「総合三位でも十分凄いですよ」

応援合戦で一気にポイントを稼いだが、運動部が少ないオタク君のクラスは総合では三位という結果で終わった。

それでもアロハティーチャーもクラスメイトも満足そうだ。

「ねぇねぇオタク君。この後カラオケで打ち上げするらしいけど、来るよね？」

「僕もですか？」

乗り気じゃない、というよりは自分も行って良いのかなという感じである。

中学時代はその手の集いからはハブられていたために、少々気後《きおく》れするオタク君。

「当然じゃん。オタク君が来ないでどうするのさ！」

「そ、そうですか。僕も行って良いなら」

胴上げまでされておいて、ハブられるわけがないだろうと思うが。

まぁ、ハブられ経験が長かったのだ。そう思ってしまうのは仕方のない事である。

誘われる事自体は嫌ではないオタク君。

「それじゃあ、着替えが終わったら教室で待っててね！」

「はい」

そう言って優愛《ゆあ》は更衣室へ向かった。

「トイレに行ってから戻るかな」

オタク君。早くトイレに行きたいほどではないが、着替えてからクラスで待つには少々辛《つら》い感じである。

着替える前にトイレで用を足そうと校舎に入る。

「あれ、リコさんはもう帰るんですか？」

オタク君が校舎に入ると、すでに制服に着替えたリコにばったり出会った。

「あぁ、着替えは終わったしね」

「クラスの打ち上げとかは行かないんですか？」

「あー。そういうのはあまり得意じゃないからさ、適当に用事があるって言ってきた」

「そうですか」

一瞬リコはクラスメイトとの関係が悪いのではないかと思ったオタク君だが、文化祭の展示の時はクラスメイトと悪い関係に見えなかった。

だから本当にそういう集まりが苦手なだけだろう。なら問題はないはずだ。

それじゃあと言って別れようとしたところで、リコの様子が少し変な事に気付くオタク君。

チラチラと見て何か言いたそうである。

（その衣装、着てみたいな）

（もしかして、頭を撫《な》でろって事かな？）

「リコさん」

「ん？」

「今日はよく頑張りましたね」

そう言ってリコの頭を撫でるオタク君。

だが、即座に腕を摑《つか》まれる。

「おい。ちょっとこっち来い」

「えっ」

リコに手を引かれ、近くの空《あ》き教室に連行されるオタク君。

「えっと」

「ったく人がいる前でやるなって。あそこじゃいつ誰が通るか分からないだろ！」

だったら初めから移動して欲しいと思うオタク君。

そもそも撫でて欲しいという事ではないのだが、流石《さすが》に分かれという方が無理である。

「……ところで小田倉《おたくら》、その、優愛にも頭を撫でたりとかもするのか」

衣装の事は上手く言い出せず、優愛の事を聞く事にしたリコ。

「えっと、一回だけ、ですかね」

実際に一度だけだ。

「そうか……」

(アタシだけ特別ってわけじゃないか。そりゃそうだよな)

「でも、僕なんかが撫でても嬉《うれ》しいか分からないですけどね」

後頭部に手を当て、ははと軽く笑うオタク君。

優愛やリコの頭を撫でているが、自分なんかが撫でて嬉しいのかと思ってしまうオタク君。

相変わらず自己評価が低い。

「おい小田倉、ちょっとかがめ」

「……こうですか？」

「もうちょっと。そうそう、そこでストップだ」

言われるままにかがむオタク君、ヤンキー座りの姿勢になるまで足を曲げさせられる。

今のオタク君の高さは、大体リコの胸元の位置である。

リコはそんなオタク君の頭を左腕で逃げないようにホールドし、右手でオタク君の頭を撫で始めた。

「小田倉、優愛に頭を撫でられたりはしたか？」

「いえ、ないですが」

「そうか」

（そうか、小田倉の頭を撫でたのはアタシだけか）

一瞬だけフッと笑い、そのままオタク君の頭を撫でるリコ。

「普段からアタシや優愛に色々してくれてありがとな。感謝してるよ」

「そ、そうですか？」

「あぁ、本当だよ。よしよし」

ちょっと姿勢を崩すだけで、リコの胸元にダイブしてしまうくらい至近距離で頭を撫でられるオタク君。

目の前にはリコの控《ひか》えめなお山が二つ。

まじまじと見るわけにはいかないと思いつつも、顔を上にも下にも動かせないでいるオタク君。

ここで顔を動かせば、リコの胸に顔が付きそうだからである。

しかし、オタク君は顔を動かさなくて正解だっただろう。

もはや湯沸かし器の如《ごと》く顔を赤くし、にやけるのを抑えきれず、目元までとろけそうなほどにニヤニヤしているリコ。

そんなリコの顔を見た日には、何を言われるか分からないし、どういう顔でリコを見れば良いかも分からなくなるだろう。

「小田倉、アタシに撫でられるのは嫌か？」

普段のリコとは違い、トゲのない優しい声色《こわいろ》でオタク君に問いかける。

「その、嫌じゃないです」

「嬉しいか？」

「……はい」

「そうか」

まるで赤子をあやすように、オタク君の頭を撫でるリコ。

されるがままのオタク君。

どちらも顔が真っ赤になっているのは、残暑のせいだけではないだろう。

そんな時間がしばらく続いた。

「それでさー」

「マジでー」

思わずバッと離れるオタク君とリコ。

男子生徒二人がおしゃべりをしながら空き教室の前を通って行ったようだ。

「…………」

「…………」

気まずい沈黙が流れる。

お互い真っ赤になった顔を逸《そ》らしている。

「あ、あれだ。また頭撫でて欲しくなったら、いつでも言えよ」

「えっ、あっはい」

「そ、それじゃあな！　分かってると思うけど、優愛の前では言うなよ！」

「はい……さよなら」

脱兎《だっと》の如く空き教室から出て行くリコ。

「優愛さんやリコさんも、こんな気持ちだったのかな」

オタク君。

恥ずかしさと嬉しさが混じった、何とも言えない感情を胸に、しばらく空き教室で一人悶絶《もんぜつ》していた。

＊＊＊

少し遅れて教室に戻ったオタク君。

既にオタク君以外は準備万端の状態だ。

「ごめん、トイレが混《こ》んでて」

適当な言い訳を混ぜた謝罪。

クラスメイトも言うほど待っていたわけではないので、特に問題はなかった。

「カラオケの予約出来た？」

「大部屋二つ借りられたから早く行こう」

ワイワイガヤガヤと騒ぐクラスメイトの後をついて行くオタク君。

「カラオケに来てる人数、なんか少なくないですか？」

当然のように隣を歩く優愛に、オタク君が話しかける。

オタク君の問いに、優愛がゲラゲラ笑いながら答える。

「それがさー聞いてよオタク君。打ち上げに参加しないで、恋人同士でどっか行っちゃったんだってさ」

女子でありギャルである優愛にとって、この手の話は好物なのだ。

だから田所《たどころ》が宮本《みやもと》と付き合う事になって、手を繋《つな》ぎながら教室を出て行ったとか。

浅井《あさい》は振られたが、池安《いけやす》は隣のクラスの郁乃《いくの》という女生徒と付き合う事になったとか。

誰が誰と付き合った、振られたの話をする優愛。

「ってかさ、ここにいるのって、恋人いない負け組みたいじゃね？」

「いやいや、ここで恋人作るチャンスかもしれないじゃん？」

そんなオタク君と優愛の会話に、唐突に入って来た村田《むらた》姉妹。

彼女たちも優愛と同じく女子でありギャルなのだから、その手の話は好物だ。

そして、その好物にありつけそうな気配を感じ、オタク君たちに近づいてきたのだ。

「ほら、見てみ。あいつら絶対途中で抜け出すよ」

村田（妹）がコッソリ指さす方向には、皆より少し離れた場所を歩く井上《いのうえ》と橘《たちばな》が。

「はー、他の奴らは恋人と一緒に打ち上げかー」

「羨《うらや》ましいわよね。そういうの体験してみたいわ」

「そうだよなー。してみたいよなー」

相変わらず恋の駆け引きをしている二人組だ。

後ほんのちょっとのきっかけで付き合えるというのに、そのほんのちょっとを踏み出せずにいる。

まぁ、どちらかが言い出すのはもう時間の問題だろう。

同じような会話をループしているのだから、お互い何となく好き合っているのも分かっているはずである。

「絶対途中で抜け出してチューするな、あの二人。マジ羨ましいわ」

チューをするかどうかは分からないが、多分抜け出しはするだろう。

そんな二人の様子を見てニヤニヤする村田姉妹と優愛。

オタク君は優愛たちの様子を見て苦笑い気味である。

そういうのはあまり干渉しないように、出来るだけ見て見ぬふりをした方が良いと考えているからだ。

とはいえ、他人の色恋沙汰自体は見る分には楽しいと思っているので、なんだかんだで聞き耳を立てている。思春期である。

オタク君と優愛の様子を見て、村田姉妹がこっそりとアイコンタクトを送りあう。

（まっ、本命は優愛たちなんだけどね）

（お姉ちゃん、今がチャンスじゃね？）

（じゃあ、ちょっくらやりますか）

「あーあ、私も相手欲しいな。小田倉君、私とかどうよ？」

「えっ、どうって」

「ちょっ、ここまで言わせて分からないとかウケル！　付き合わないかって意味だって」

「えっ、その」

「冗談だって、真面目に受け取んなし」

唐突の村田姉からの付き合わないか発言に、思わず動揺するオタク君。

冗談に本気になるなと言って、村田姉は笑いながらオタク君の背中をバンバンと叩く。

オタク君をからかっているように見えるが、本命は別にある。

「もうオタク君からかったら可哀《かわい》そうでしょ。マジ怒るよ」

頰《ほお》を膨《ふく》らませ、ぷんすかといった表情の優愛。

その様子を見て、村田姉妹が小悪魔の表情になる。

「でも小田倉君さ、ムキムキだし色々器用だから割と女子がほっとかなくね？」

「分かる。女子物選ぶセンスあるから、プレゼントとかされたらイチコロじゃん」

「有りか無しかで言ったら、めっちゃ有り寄りだよね」

「クラスの女子も小田倉君狙ってるのいるんじゃね？　カラオケの最中にコッソリ告白されたりして」

村田姉妹による、オタク君ベタ褒めである。

褒められ慣れてないオタク君は、ただ苦笑いで「そんな事ないですよ」と言うばかりである。

「オタク君、部屋分けするって。こっちの部屋にしよう」

村田姉妹から引き離すようにオタク君の手を引き、カラオケルームに入って行く優愛。

女子が少ない方を選んだ辺り、村田姉妹の言葉は大分効いているようだ。

部屋に入り、ソファに座るオタク君と優愛。

座るついでに、優愛はオタク君との距離を詰める。肩がピッタリくっつくくらいに。

(優愛大胆じゃん)

(マジで楽しい事になって来たんだけど)

完全に村田姉妹のおもちゃである。

「小田倉君、隣失礼しますね」

オタク君の右隣に優愛が、そして左隣にはいつの間にか委員長が座っていた。

ぎゅうぎゅうと挟まれる形になったオタク君。

この日、カラオケでは優愛がオタク君にぴったりくっついて離れなかったのは言うまでもない。

ちなみに恋の駆け引きをしていた二人は、いつの間にかいなくなっていた。

＊＊＊

文化祭も体育祭も無事終わり、その後の二日間の振り替え休日も終わった。

この日は、文化祭で土足解禁をしたために汚れた校内の掃除をする作業で一日が費やされた。

時刻は午後四時を回り、掃除の作業が終わった放課後である。

クラスに人はまばらだ。ほとんどが部活に行くか帰宅しているからだ。

「ねぇねぇオタク君」

金髪ギャルの鳴海《なるみ》優愛が、クラスメイトの男子に声をかける。

オタク君と呼ばれた少年、小田倉浩一《こういち》。

彼は鳴海優愛の友達である。そう、二人はまだ友達の段階である。

机に着き、帰る準備をしていたオタク君。

前の席の椅子を勝手に借りて、対面に優愛が座る。

「どうしたんですか？」

「実はさ、こういう感じでコーデ決めようと思ってるんだけど、どうかな？」

オタク君の机に雑誌を置く優愛。

読モと呼ばれる、優愛と同じくらいの年齢の女の子たちが様々な格好をして写っている。

その中で優愛が指さしたのは、丈の長めのスカートに、清楚《せいそ》な感じのブラウスを着た女性だ。

普段の優愛は露出が多い服装が多い。

なので、肌を晒《さら》さない衣装を選びたがるのは珍しい事だった。

「良いと思いますよ。いつもとは結構違う感じですね」

「うん。私結構露出ある服多いじゃん？　オタク君に、はしたないとか、ビッチとか思われてないかなって思ってさ」

普段から胸元を強調したり、露出が多いので、はしたないは今更である。

だが、ビッチと思うようなオタク君ではない。

「そんな事ないと思いますよ。普段の服装も露出は多いと思いますけど、優愛さんに似合ってますし」

「マジで？」

「はい、マジですよ」

「そ、それじゃあいつも通りの服にしようかな」

オタク君にストレートに褒められ、少し照れる優愛。

照れ隠しに雑誌をめくっては「この服どうよ？」と問いかける。

「あれ、付け爪少しボロボロですね」

優愛が付けているのは、初めてオタク君からもらった付け爪だ。

ちらっと見た程度では分からないが、よく見ると付け爪は所々塗装《とそう》が剝《は》げてきている。

「あー、ごめん。大事に使ってたつもりなんだけどさ」

「いえいえ、ボロボロになるまで使うほど優愛さんが気に入ってくれたのなら。そうだ、また同じのを作りましょうか？」

申し訳なさそうにする優愛。

だが、オタク君としてはプレゼントした品をそれだけ使ってもらえたというのは、素直に嬉しかったりする。

「えっ、良いの⁉」

「はい、良いですよ」

「それなら家に付け爪の予備あるからさ、持って行ってよ」

「良いんですか？」

「全然良いって。だって私がお願いする側なのに、オタク君にお金出させるわけにはいかないっしょ」

「そうですか、それではお言葉に甘えて。優愛さんの家に寄って行きますか」

どうやらオタク君は帰る準備が出来たようだ。

オタク君が立ち上がると、優愛も雑誌をカバンに仕舞《しま》い立ち上がる。

「そうだ、オタク君。前に買ったエクステなんだけどさ、洗ったらぼさぼさになっちゃって」

「あー、カールかかってるのは手入れが大変ですからね。ついでにエクステの手入れもしましょうか？」

「良いの⁉　マジ感謝」

オタク君、アフターサービスも完璧である。

「そうだ。ついでにちょっとやってみたい髪型があったから手伝って」

「良いですよ。そういえば新しい化粧品買ったって言ってたの、見せてもらって良いですか？」

「良いけど、見るだけで良いの？」

「それじゃあ優愛さん、メイクの実験台になって貰《もら》って良いですか？」

「勿論《もちろん》。オタク君に色々して貰ってるから、それくらいお安い御用よ」

「ありがとうございます」

やってみたかった髪型や、オタク君の試《ため》したいメイクが気になる優愛。

ワクワクが段々と優愛を早足にし、気付けばオタク君の手を引いて走り出していた。

「そんなに急がなくても大丈夫ですよ」

そう言いつつも、優愛がどんな顔をして喜ぶだろうと思うと、一秒でも早く試したい気持ちでいっぱいのオタク君。

なんだかんだで駅まで走って行ったオタク君と優愛だった。

書き下ろし

桜の咲く季節。

ここ「秋華《しゅうか》高校」では、新入生が廊下を歩くたびに、上級生から声をかけられる。

新入生に声をかける目的は、部活勧誘である。

「キミ良いガタイしてるね。良かったらバレー部に来ないかい？」

「いやいや、それよりも吹奏楽部《すいそうがくぶ》はどうだい？　皆と一つになるあの感覚、一度覚えたら病みつきになるよ！」

「宇宙旅行したそうな顔してるな。天体観測部はどうだ？」

勧誘は何も廊下だけではない。

校舎ではまだ肌寒い時期だというのに、海パン姿でパフォーマンスをする水泳部や手作りの看板を掲げて歩いている者など様々である。

そんな彼らの勧誘に「もう部活は決めているので」とおどおどしながら答える少年がいた。

オタク君こと小田倉浩一《おたくらこういち》である。

彼が目指す先は、文化部の部室が並ぶ文化棟と呼ばれるところである。

文化棟は元々は校舎だったのだが、新しい校舎が出来た際に、部室が少ない問題を解決するためにそのまま部室棟として残された場所だ。

そんな文化棟をキョロキョロしながら歩くオタク君。

そして、一室の前で立ち止まる。

『文芸部』

そう書かれたプレートを見て、少しだけ頰《ほお》を緩《ゆる》ませるオタク君。

「今度こそ上手くいくはず」

中学時代はオタクという事でバカにされ、友達が少なかったオタク君。

もし中学時代にオタクという事でバカにされてた事とが周囲にバレれば、高校でも二の舞になりかねない。

なので、高校は家から遠く、偏差値が高めの場所を選んだ。自分を知る人間に会わないようにするために。

一度深呼吸をしてから、文芸部の扉を開ける。

ガラリという音と共に、扉を開けたオタク君へ視線が一斉に突《つ》き刺《さ》さる。

「ようこそ文芸部へ！」

一瞬たじろいだオタク君に対し、文芸部の部員たちは、声を上げてオタク君を歓迎した。

歓迎の挨拶《あいさつ》をしなかった者もいるが、その者たちのキョロキョロした様子をみるに、オタク君と同じ新入生なのだろう。

仮入部はオタク君を含め、全部で七人。

「初めまして、私が文芸部の部長です」

部長と名乗る女性が自己紹介をすると、待っていましたと言わんばかりに他の部員も自己紹介を始める。

自己紹介ついでにと、好きな作家や本について語っている。

語る事に熱くなりすぎ、自己紹介が長くなってる部員に、他の部員が「はいここまで、終了！」と言いながら無理やり中断をすると笑いが起きる。

止めた側も止められた側も笑っているのを見るに、部員同士の仲は良好のようだ。

文芸部員の自己紹介が終わり、次は新入生たちの自己紹介である。

部室に来た順番でそれぞれ自己紹介が始まり、ついにオタク君が自己紹介する番になった。

オタク君の高校デビューである。

「初めまして、小田倉浩一と言います。好きなアニメは……」

が、オタク君の自己紹介が終わると、部員たちの様子がおかしくなる。

少しひきつった笑みの、やっちまった奴を見る目である。

文芸部の部員ならともかく、新入生には何がいけなかったのか分からない。

ただ、オタク君が何かをやらかした。それだけはオタク君も含め気付いていた。

オタク君の後に続く、自己紹介で同じように微妙な雰囲気《ふんいき》になった者もいた。

自己紹介が終わり、早速仲の良いグループ同士が集まり談笑し始める。

新入生にも声をかけたりしてグループが出来ている中、オタク君はハブられていた。

高校デビュー失敗である。

オタク君、同じように微妙な雰囲気になった者同士で部室の隅《すみ》っこに集まり、他の部員の目を気にするように話し始める。

オタク君たちが部員を気にするように、部員たちもオタク君たちを腫《は》れ物《もの》のような目で見ている。

「なにか、おかしいよね」

小声で話しかけるオタク君。

太った生徒がうんうんと頷《うなず》きながら答える。

「そうですね。明らかに僕たち歓迎されてませんよね」

「もしかして俺、何かやっちゃいました？」

場を和《なご》まそうとしたのだろう。

長身の生徒がなろうで有名なセリフを言ってみるが、オタク君たちは苦笑いで返すのが精いっぱいだった。

結局三人は部活終了の時間まで、居づらい空気の中でひっそりとしていた。

＊＊＊

翌日も文芸部に向かうが、昨日と同じ感じである。

ただ、何が原因かはオタク君たちは勘づいていた。

「ここって、多分オタク禁制だよね」

オタク君たちが注意深く周りの会話を聞いてみると、会話内容は文学の話ばかりである。

アニメやラノベなどではなく、純粋に文学を楽しむための部活なのだろう。

この日も居心地の悪い時間を過ごしたオタク君たち。

帰り道、無言で下駄箱まで向かう彼らの足取りは重い。

オタク君の高校には『漫画研究部』なるものが存在する。

もしそこに入れば、今のような居心地の悪さはなくなるだろう。

だが、オタク君は隠れオタク。

もし周りにオタクとバレて馬鹿にされたらと思うと、漫画研究部に入る事は出来ない。

オタク君と一緒にいる太った生徒と長身の生徒も同じなのだろう。

そうでなければ文芸部をわざわざ選んだりはしない。

なので、誰も漫画研究部に行かないかと誘う事はなかった。

＊＊＊

さらに翌日。

教室ではそこそこ話す相手が出来たオタク君だが、オタク趣味は隠したままである。

他愛のない会話も悪くはないが、やはりオタク会話を友達としたい。

クラスメイトと会話をするたびに、そんなフラストレーションがたまる一方である。

放課後になり、またあの居心地の悪い部室に行くか、このまま一人で帰るかの二択で鬱《うつ》になるオタク君。

「帰ってプラモデルでも作ろう……」

そう呟《つぶや》くと、何か引っかかった。

「作る……そうか、自分で部活を作れば良いんだ！」

しかし部活を作ろうにも、どうやって作れば良いか分からない。

ならば分かる人に聞けば良い。そう判断し早速教室を出るオタク君。

着いたのは職員室である。

教師なら部の作り方を知っているはずだと思い来たのだが、入学間もないオタク君が声をかけられる教師は少ない。

その中で、一人だけ目立つ格好の教師を見つけた。

ほとんどの教師がスーツを着ている中、ゴキゲンなアロハシャツを着た教師。

オタク君の担任であり、英語を担当に持つ、通称『アロハティーチャー』である。

聞く前からダメそうな雰囲気を漂わせているが、他の教師とは面識がない。

もしダメだったとしても、分かる教師を紹介して貰《もら》えばいい。そう思いオタク君は話しかける事にした。

「先生、良いですか？」

「おや？　小田倉ではないですか。何か用ですか？」

「実は、部活を作りたいんです」

「部活を作りたい？　変えたいではなく？」

「はい」

オタク君の言葉を聞いて、腕を組み少し考える仕草をするアロハティーチャー。

「時に小田倉。答えづらかったら答えなくても構いませんが、アニメや漫画は好きですか？」

「えーっと……はい。そんな感じです」

オタク君、言いづらそうに曖昧《あいまい》な返事をする。

オタク君のその様子を見て、アロハティーチャーは何か感じ取ったのだろう。

「それなら部活を作るのではなく、第2文芸部に行くのは、ダメですか？」

「第2文芸部、ですか？」

「はい。文芸部は文学が好きな生徒が多く、どうしてもアニメやゲームの話題が苦手な生徒が多い」

「そうですね」

「なので、そういったアニメやゲーム好きな生徒が新しく作ったのが、第2文芸部です」

わざわざ漫画研究部を勧《すす》めない辺り、オタク君の内情に配慮《はいりょ》しているのだろう。

遠回しな言い方が慣れている辺り、これまでにもオタク君のような隠れオタクの生徒が居たのだろう。

「あの、第2文芸部を見学って出来ますか？」

「出来ますよ。部を作りたいと言ってたのだから、他にも誘いたい生徒がいるのでしょう？　その子たちも誘ってみると良い」

「はい！　ありがとうございます」

部室の場所を教えてもらい、アロハティーチャーに頭を下げ職員室を後にするオタク君。

そのまま部室へ……は向かわず、教室のある方へ向かって行った。

「彼らに声をかけてみよう」

一年生の教室がある廊下に出ると、一人はすぐ見つかった。目立つほどの長身の生徒だ。

肩を落として覇気がない。先ほどのオタク君同様に、部活に行くか寂《さび》しく帰るかで悩んでるからだろう。

「あの、ちょっと良いかな？」

「キミは……俺に用ですか？」

「うん、ちょっとついて来て欲しい」

何の用か分からないまま、オタク君について行く長身の生徒。

オタク君が向かった先は、教室である。

ドアを開けると、そこには太った生徒が一人、死んだ魚のような目でスマホをいじっている。

「良かった。まだいた」

ドアが開いても反応しなかったが、オタク君の声には反応したようだ。

オタク君と長身の生徒が太った生徒の席まで歩いて行く。

「えっ、あぁ文芸部の」

「うん。実は二人に話があるんだ？」

「話ですか？」

太った生徒が、何の話ですかと言わんばかりに長身の生徒を見る。

長身の生徒も知らないと言わんばかりに首を横に振った。

そして、二人はオタク君を見る。

「このまま文芸部に居ても居心地が悪いと思うんだ」

オタク君の言葉に、苦笑いを浮かべる二人。

だがここで文句を言っても何も始まらない。

「だから、第2文芸部に行かない？」

「『第2文芸部？』」

「うん。どっちかと言うとアニメや漫画が好きな人たちが集まる文芸部らしいけど。どうかな？」

「ま、まぁ二人が行くなら良いけど」

「俺も二人が行くなら良いけど」

「うん。じゃあ決定だ！」

煮え切らない様子の二人をよそに、さぁ行こうと教室を出るオタク君。

太った生徒も長身の生徒も別にやる気がないわけではない。

ただ、第2文芸部でも同じ目にあったらと思うと、期待を持てないといった様子だ。

アロハティーチャーに教えられた部室の場所は、文化棟の隅にある他の部室とは明らかに小さい部屋であった。

他の部室は教室を丸々使っているのに対し、こちらはその半分もない。多分元は物置部屋だったのだろう。

そんな物置部屋のような部室のドアをオタク君が開けると、中は無人であった。

部屋には長机一つと椅子が何脚か。机の上には部員名簿と書かれた帳面と、型落ちし

するのも仕方がない。

オタク会話できる仲間が見つかると思ったのに、部員は誰もいないのだからがっかり
中に入り、部員名簿を見たオタク君が、少しだけ悲しそうにそう言った。

「……部員はどうやら去年の三年生が最後だったみたいだね」

た一世代前のパソコンがある程度である。


「というと、廃部寸前の部に俺たちが入ったって事だよな⁉」

だが、オタク君と違い太った生徒と長身の生徒は目を輝かせていた。


「それって、漫画みたいじゃない⁉」

スゲースゲーと言いながらはしゃぐ二人を見て、オタク君に少しだけ笑顔が戻った。

確かに自分たち以外はいないが、逆を言えば自分たちしかいないのだ。

好きなだけ好きな話が出来る。それでも十分だと。

「そうだ、改めて自己紹介しようか」

自己紹介をしようとするオタク君の声を、長身の男が遮《さえぎ》った。

「ハイハイ！　自分から！　自分から良いですか⁉」

「あぁ、うん。良いよ」

テンションが上がった長身の男に対し、苦笑気味のオタク君。

とはいえ、ずっとテンションが低い状態だったのだ。

こうしてテンションを上げてくれる事に不快感を覚えてはいないようだ。

太った生徒と共に「どうぞどうぞ」と言って手を出す。

「俺……某《それがし》は『萌えのエンジン全開』ですぞ。気軽にエンジンと呼んでくれですぞ！」

萌えのエンジンとやらが良く分からない上に、変な口調になっている。

だが、そんなエンジンを見て、オタク君と太った生徒は目を輝かせた。

自分たちが入学前に夢見た、まるで漫画の世界のような展開だと。

「ハイハイ、次は僕ね。ちょっと太ってるから、チョイデブならぬチョバムって呼んで欲しいでござる」

太った生徒ことチョバム。

体型は明らかにちょっと所ではない。

だが、今のオタク君たちにとってチョバムの体型はどうでもよかった。

今では見かけない、古いステレオタイプなオタク口調。

そんなチョバムの自己紹介に、オタク君とエンジンが目を輝かせた。

「二人とも良いあだ名じゃん。じゃあ僕も何かあだ名考えた方が良いかな」

「何を言ってるでござる。オタクの小田倉なんて本名の時点で最高でござるよ！」

「そうですぞ。あだ名の必要がない名前とか羨《うらや》ましいですぞ！」

「そ、そうかな」

出来れば本名じゃなく、チョバムやエンジンのようなあだ名が欲しいオタク君。

だが、二人の熱意に押され、あだ名は諦《あきら》め小田倉のままとなった。

「小田倉氏のおかげで、ばら色の高校生活が送れそうですぞ！」

「廃部寸前の部に入ったのだから、このまま漫画のような展開が待ち受けてそうでござる」

「流石《さすが》にそれは期待しすぎなんじゃないかな」

などと口にしつつも、チョバムやエンジンのように少し期待を胸にするオタク君。

「小田倉殿なんて、名前が小田倉だから『オタク君』なんて呼ばれて、オタクに優しいギャルにちやほやされるに違いないでござるよ」

「チョバム、それは漫画の見すぎだってば」

「まぁまぁ、小田倉氏。夢は大きい方が良いですぞ」

無人と化し、廃部寸前だった第2文芸部に笑い声が広がった。

こうして彼らは第2文芸部に入部し、毎日オタク会話に花を咲かせる事になる。

これは、オタク君が優愛《ゆあ》と出会うほんの少し前の物語である。

あとがき

『ギャルに優しいオタク君』まだ続くよ！　終わりじゃないよ！　コミカライズもあるよ！　はじめまして、１３８ネコと申します。『ギャルに優しいオタク君』いかがだったでしょうか？

初めての書籍化作品なので、至《いた》らない所もあったかと思いますが、楽しんで読んで頂けたなら幸いです。

さて、昔は書籍化したら色々語りたい事があったのに、いざ書籍化となると何を語れば良いのやらと悩むばかりなので、自分が小説を書き始めたきっかけでも語ろうかなと思います。

始まりは１８年くらい前でしょうか。当時、自分はゲームセンターの店員をやっておりました。ゲームセンターの名前はキャットアカデミー。そのゲームセンターの名前と地名を足したのが１３８ネコです。

ゲーセン店員をしながらも、自分もゲーム、主に格闘ゲームにハマっており、色々なゲーセンに行っては対戦をしたり、自分のバイトしているお店で大会を開いたりしていました。その時知り合ったのが理不尽な孫の手先生です。

9年くらい前に格ゲー仲間の理不尽な孫の手先生が小説家になろうで投稿してると聞き彼の作品を読み感銘を受け、じゃあ俺も書くかなと思ったのが6年前で、実際に書き始めたのが4年前になります。

最初はリアルの事を書いた私小説を投稿し、理不尽な孫の手先生が「面白いじゃん」と言ってくれたので、調子に乗って描き続けたところ、ランキングの片隅に乗り、いかぽん先生といったプロの作家からも面白いといってもらえたおかげで、いまだになろうで書き続ける事が出来ました。

その後も色々な作品を投稿するも、あまり結果が出ない自分に、理不尽な孫の手先生と、ＳＮＳで知り合ったｅｐｉｎａ先生の教えにより、小説家になろうでランキングに顔を出せるようになり、気が付けば書籍化が出来るようになりました。

理不尽な孫の手先生、いかぽん先生、ｅｐｉｎａ先生には書籍化するまで色々とお世話になったので感謝してもしきれません。

もちろん、自分の作品を読み、応援してくださった読者様にも、同じく感謝をしております。沢山の読者に読んでもらえたからこその結果です。応援してくださった読者様一人一人のおかげでここまで来ることが出来ました。

本当にありがとうございました。

ページが余ると思うので、「ギャルに優しいオタク君」を執筆するにあたり、お世話になった方を紹介していこうと思います。

まずはキャラ名を考えてくれた方々です。

樽井君。命名者　だるすさん／池安君。命名者　池安貞男（仮）さん／浅井君。命名者　ネロ造さん／青塚君。命名者　ATOSさん／秋葉君。命名者　イェン円さん／橋さん。井上君。命名者　ぬんさん／名前の提供ありがとうございました！

サインを作ってくださった方。

ぼろ雑巾様。個人・企業問わず【ロゴ・配信画面・イラスト・サイン・サムネ】等の有料制作依頼を請け負っている方なので、興味がある方はSNS等で声をかけてみてはいかがでしょうか？

コミカライズの漫画家様や編集者様。小説版のイラストレーター様や編集者様。

いっそスタッフロールみたいに、校正や出版するにあたって関わってくださった方々の名前を書いていきたいところですが、その辺りは刊行が続きましたら編集者様と相談をしてやってみたいかなと思います。

最後に、小説家になろうで応援してくださった読者様。この書籍を手に取って購入してくださった読者様。

本当にありがとうございました！

■ご意見、ご感想をお寄せください。……………………………………………
ファンレターの宛て先
〒102-8177　東京都千代田区富士見2-13-3　ファミ通文庫編集部
138ネコ先生　　成海七海先生

FB ファミ通文庫

ギャルに優《やさ》しいオタク君《くん》

1820

2023年4月28日　初版発行

◇◇◇

著　者　138ネコ《いちさんはち》
発行者　山下直久
発　行　株式会社KADOKAWA
〒102-8177 東京都千代田区富士見2-13-3
電話 0570-002-301（ナビダイヤル）
編集企画　ファミ通文庫編集部
デザイン　岩井美沙
写植・製版　株式会社スタジオ205プラス
印　刷　凸版印刷株式会社
製　本　凸版印刷株式会社

●お問い合わせ
https://www.kadokawa.co.jp/ （「お問い合わせ」へお進みください）
※内容によっては、お答えできない場合があります。
※サポートは日本国内のみとさせていただきます。
※Japanese text only

ISBN978-4-04-737430-0 C0193

定価はカバーに表示してあります。